T0307551

Las catorce momias de Bakrí

Editorial Bambú es un sello
de Editorial Casals, SA

© 2007, Susana Fernández Gabaldón
© 2007, Editorial Casals, SA
Tel. 902 107 007
editorialbambu.com
bambulector.com

Diseño de la colección: Miquel Puig
Ilustración de la cubierta: Francesc Punsola

Novena edición: marzo de 2024
ISBN: 978-84-8343-024-8
Depósito legal: M-44.509-2011
Printed in Spain
Impreso en Anzos, SL, Fuenlabrada (Madrid)

El papel utilizado para la impresión de este libro
procede de bosques gestionados de manera
sostenible.

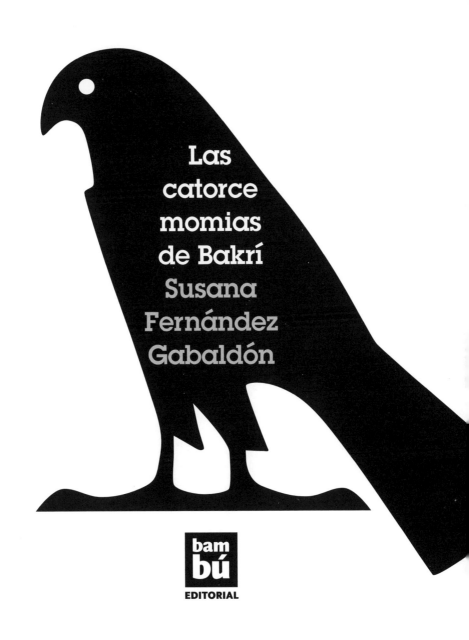

Las catorce momias de Bakrí

Susana Fernández Gabaldón

bam bú

EDITORIAL

In memoriam
A Emilia, con todo mi cariño

PRÓLOGO

Apesar de que habían pasado casi seis años desde lo ocurrido en el valle del Hammammat, resultaba imposible borrar el recuerdo de aquella aventura transcurrida en medio de las montañas secas y polvorientas próximas al mar Rojo. Las arenas transformándose en el cuerpo del dios Ha; su corazón forrado de oro, escondido en el interior de una fabulosa cueva; el espejo de la princesa Neferure, siempre dispuesto a desvelar tantos secretos...; Bakrí que, como un fantasma, estaba presente en cualquier frase o pensamiento de cada uno de los miembros de la expedición, pero cuyo rastro siempre se diluía en el recuerdo de quien decía haberlo visto o hablado con él...

Y, sin embargo, después de seis años las cosas habían cambiado mucho, porque el tiempo no pasa en balde para nadie.

Para empezar, os diré que Hassan trabajaba sólo a ratos

en la tienda de antigüedades del señor Abbas. El propietario del local –sin querer renunciar a Hassan– «había contratado unas horas al día a Kinani», el hermano de Tamín porque, como más adelante os contaré, Kinani se había tomado muy en serio lo de estudiar arqueología. Hassan era de esas personas, ¡cómo llamarlas!, insustituibles, ¡eso es!, indispensables... que, con su gran corazón, su innata inteligencia y envidiable serenidad hacían la vida agradable a cualquiera.

Volviendo un instante al tema de Kinani que os avanzaba líneas atrás, os decía que desde hacía algunos meses el señor Abbas se las arreglaba en la tienda con alguna que otra dificultad, ya que Kinani lo ayudaba únicamente a partir de las tres o las tres y cuarto de la tarde. Aún le quedaba un año para terminar en la escuela superior, pero como estaba dispuesto a ser un famoso egiptólogo, siguiendo los pasos de Yalil, desde hacía varios años participaba como ayudante en casi todas las excavaciones que se habían desarrollado bajo su dirección. Tras el regreso del valle del Hammammat había nacido una sólida amistad entre ambos –¡quién lo hubiera dicho!– y Kinani se había convertido, no sólo en el estudiante más joven de arqueología que tenía Yalil, sino en el más preparado de cuantos trabajaban bajo su supervisión.

¿Y en cuanto a Bakrí?

¡Qué puedo decir de él! No volvieron a verlo durante todos esos años.

Hasta cierto punto les pareció normal. Siendo como era un tipo tan extraño y escurridizo, terminaron creyendo que habría muerto, despeñado por los áridos desfiladeros o perdido en medio del desierto, gritando frases como: «¡Deshaceos de esos monstruos, de las arenas que hablan, de los gatos de madera, de los espejos que te miran! ¡Enloqueceréis también vosotros!», y cosas por el estilo. Es posible que se lo tragara el desierto o el mismísimo dios Ha en alguna de sus peligrosas expediciones a la caza de nuevos tesoros escondidos. Pero no; seguía vivito y coleando. De vez en cuando llegaban noticias de algunos que decían haberlo visto por aquí o por allá, y que seguía peinando el maldito valle y sus desfiladeros en busca de objetos milenarios para su venta.

Los caravaneros de Qoceir no habían vuelto a llevarlo en sus expediciones; era una persona demasiado esquiva e impredecible como para repetir la experiencia a su lado. Según contaban, Bakrí se las había ingeniado más o menos bien para continuar rastreando aquella franja de terreno entre el Nilo y el mar Rojo, sin más ayuda que la divina providencia de Alá.

¿Y Tamín, el hermano de Kinani? ¡Ah, Tamín! A sus 18 años andaba buscando novia, pero se había convertido en un tiquismiquis de armas tomar y no había chica a la que no encontrase un montón de defectos insalvables. «No sabe hablar de esto; sus ojos no me gustan; tiene cortas las pestañas; es demasiado alta; es demasiado baja; es demasiado tímida; es demasiado...» ¡Qué cruz! Era el terror de las chicas del barrio, que habían acabado apartándolo de sus círculos por melindroso. Cierto es que su aspecto había cambiado notablemente. Se había dejado bigote y una perilla por barba que le hacían parecer mayor de lo que realmente era. Kinani le decía que se estaba haciendo viejo antes de tiempo, un auténtico cascarrabias, si bien es posible que él tuviera una imagen demasiado idealizada de lo que debía ser una chica como para encontrar la princesa de sus mil y una noches entre las muchachas de su edad.

Desde hacía varios años regentaba con su tío Ismail la tienda de alfombras que antes o después habría de heredar. Había decidido dedicarse a los negocios y abandonó los estudios poco después de cumplir los 14 años. Pese a ello, su futuro era brillante porque, con los numerosos turistas que frecuentaban a diario el Gran Bazar –donde estaba ubicada la tienda–, conseguía mantener holgadamente el negocio, gracias a la venta de sus *kilims* y alfombras de vistosos colores.

¡Oh, se me olvidaba!

Osiris, el gato del señor Abbas, había envejecido lo suyo. Eran numerosas las canas que ahora le cubrían el mentón y rodeaban sus ojos; tenía una inmensa barriga y la grasa se le había acumulado también en la cola y en las patas. Sin embargo, lo que el paso del tiempo no había cambiado ni un ápice eran sus costumbres, y seguía perdiendo buena parte del día durmiendo a pierna suelta (mejor dicho, a pata suelta) sobre el mostrador del local, si bien ahora no le preocupaba excesivamente quién entraba o salía cuando la ristra de campanitas de la puerta de la entrada tintineaba. A veces dormía tan profundamente que ni las oía, pero, contrariamente, se despertaba por el vuelo de una insignificante mosca que le rondaba los blancos pelillos de las orejas.

La autora

Las catorce momias de Bakrí

1
Como el ave fénix

Aquel invierno la naturaleza se estaba comportando de un modo caprichoso. El mes de enero estaba a punto de terminar y lo hacía con un frío intenso como no se recordaba desde hacía más de ciento cincuenta años. Desde el amanecer un cielo plomizo cubría El Cairo privándolo del sol, y no parecía que tuviera intención de despejar. Había nevado días atrás, sólo durante algunas horas; la nieve llegó a cuajar algún centímetro en ciertas zonas del sur de la gran ciudad, sobre todo en el barrio copto, lo que había alegrado a todos por la excepcionalidad del extraño fenómeno.

Para muchos niños era la primera vez que veían la nieve.

Incluso las grandes pirámides habían amanecido blancas y los turistas no paraban de hacer fotos, tratando de capturar el fascinante espectáculo de un desierto dorado cubierto de nieve y recorrido por camellos, los cuales, con su lento caminar, deambulaban por el conjunto arqueológico de Gizeh tan lentamente como los copos caían sobre ellos.

En el viejo reloj victoriano, colocado en la puerta de entrada de la tienda de antigüedades del señor Abbas, estaban a punto de dar las seis de la tarde. Una débil luz había iluminado el local hasta ese momento, hasta que los primeros rayos de sol se filtraron con fuerza en el interior de la tienda.

–¡Me voy pitando! –gritó Kinani al señor Abbas, al tiempo que se enfundaba el abrigo con premura–. Vuelo al museo, a echar una mano a Yalil con el material de la última campaña de excavaciones. ¡Caramba! ¡Se me ha hecho tardísimo! –exclamó consultando de nuevo su reloj.

–Está bien, está bien… –consintió el señor Abbas sin levantarse de su vieja butaca de ruedas que rechinaba a cada movimiento, mientras prestaba atención a la contabilidad. Pero se detuvo por unos segundos, empujó sus gafas con el índice nariz arriba y preguntó:

–¿Quieres que te pague hoy? ¿Sabes si Hassan vendrá mañana?

Cubriéndose la cabeza con una gruesa bufanda, Kinani le respondió antes de salir:

–Si no le importa, dejémoslo para mañana. Y por lo que respecta a Hassan, creo que no vendrá. Ayer lo vi bastante resfriado y, con este tiempo de perros, no creo que mañana esté en condiciones de salir de casa.

–¡Eso me temía! Pues me las tendré que apañar solo todo el día –refunfuñó en voz alta.

–Lo siento de veras, pero mañana por la mañana no podré venir, como ya le he explicado. Tengo un examen y no sé cuándo terminaré –le aclaró por segunda vez, aproximándose un instante a la puerta de su despacho.

–Sí, sí…, ya me lo has dicho, de protohistoria del Asia Menor.

–Veo que tiene buena memoria –sonrió, dirigiéndose rápidamente hacia la salida.

Kinani confiaba en que el señor Abbas no le entretuviera ni un minuto más. Tenía aún mucho trabajo pendiente en el museo; además, de que debía dedicar algunas horas a repasar los diez temas que más o menos ya se sabía y sobre los que le preguntarían en el examen del día siguiente.

Al abrir la puerta, Kinani dejó paso a un viento helado que se adentró sin compostura en el interior del local, levantando un poco de polvo por todos lados.

Osiris se despertó de pronto. Malencarado, miró hacia la entrada molesto, dio un salto desde el mostrador al suelo y entró en el despacho de su amo, en el que se acurrucó delante de una pequeña estufa de gas, encendida a pocos metros de sus pies.

–¡Hasta pasado mañana! –se despidió, saliendo ya a la calle.

Kinani cerró la puerta y todas las campanitas tintinearon al unísono. Llegó al museo en menos de un minuto, cruzando la enorme explanada que servía de aparcamiento y que se abría justo delante de aquél.

–¡Pasa, pasa! –le dijo el guardia de seguridad al verlo llegar. Desde la inmensa cristalera de las puertas de ingreso del Museo Arqueológico, se veía cómo el viento se arremolinaba en el centro de la enorme plaza. Aún estaban aparcados varios autobuses de turistas alemanes que debían de estar visitando el museo.

–Gracias, Ahmed –sonrió Kinani al pasar la barrera de seguridad.

–Te está esperando.

–Lo sé, pero no he podido venir antes –se excusó, desabrochándose el abrigo y quitándose la bufanda que le cubría la cabeza.

–Por si te interesa, todavía está en el laboratorio –le informó el guardia mientras Kinani firmaba en el registro de entrada–. ¿Cuánto tiempo te quedarás?

–¡Uf! No lo sé..., hasta las ocho o las ocho y media.

–Como sabes, mi turno termina antes, de modo que me despido de ti hasta mañana.

–Sí, sí. Hasta mañana entonces, Ahmed –le dijo con premura.

Kinani salió disparado escaleras abajo y desapareció al doblar el primer recodo que encontró a la derecha. Al llegar a la puerta del laboratorio, entró de golpe. Yalil examinaba con una gran lupa los jeroglíficos escritos sobre unos papiros amarillentos. Un foco de luz fría los iluminaba desde lo alto.

–Llegas tarde –le dijo lentamente sin levantar la mirada de la lupa.

–Pues me marcharé tarde –respondió Kinani, colgando su abrigo en el perchero de detrás de la puerta y poniéndose manos a la obra. Se acomodó delante de una gran mesa en la que estaba desparramado un montón de trozos de cerámica pertenecientes a la última campaña de excavaciones–. Aún no he terminado de inventariar el sector cuatro –anunció, observando con ansia el material arqueológico que tenía ante él.

–Si pudieras acabar hoy, avanzaríamos mucho. Nos quedan todas aquellas cajas que ves apiladas a tu derecha.

Kinani las miró y, un tanto desanimado, resopló con pesadez.

–Y los demás estudiantes... ¿qué han hecho? –protestó, como si el peso del trabajo fuera igual al de las cajas.

–Han llamado para decir que tenían un examen mañana por la mañana y que hoy no vendrían.

–¡Mira qué listos! –exclamó de pronto–. ¿Y qué crees que haré yo esta noche cuando llegue a casa?

–¿Tú también tienes un examen? –se sorprendió Yalil, levantando de pronto la lupa de los jeroglíficos.

–¡Pues claro! ¡No te fastidia!

–Entonces será mejor que te encierres en mi despacho a estudiar. Esto puede esperar un par de días.

Kinani reflexionó sobre su propuesta unos instantes.

–Tal vez sea lo mejor –dijo luego–. Si suspendo este examen, los diez temas me quedarán pendientes para la próxima repesca ¡junto a otros diez!

–¡Anda!, sube y no se hable más. He dejado abierta la puerta, de modo que puedes quedarte allí hasta las ocho. Estarás mucho más tranquilo y nadie te molestará. Pasaré yo a cerrar con llave antes de marcharme.

–Gracias, Yalil –dijo mientras se encaminaba hacia el corredor con su mochila y su abrigo en la mano–. Nos vemos luego.

–Sí, sí... –repuso éste, volviendo a su quehacer.

Kinani subió numerosos tramos de escaleras y recorrió los intrincados corredores del museo hasta que llegó al despacho de Yalil, situado en el primer piso, en el ala opuesta a donde se encontraban los laboratorios y almacenes. Prácticamente no quedaban turistas por las salas porque estaban a punto de cerrar y por los altavoces ya habían dado órdenes de dirigirse hacia la salida.

Kinani entró y se acomodó en el despacho, haciéndose un hueco en la mesa que, como era habitual, estaba llena de papeles y libros en gran desorden. Con la lámpara ya encendida, abrió su carpeta de apuntes de los temas del examen e hincó los codos sobre la mesa, dispuesto a estudiar los diez temas de protohistoria del Asia Menor en las dos horas escasas que le quedaban hasta las ocho.

Sin embargo, a eso de las seis y media pasadas, alguien llamó delicadamente al despacho antes de atreverse a entrar. La puerta se abrió y el rostro de una chiquilla que no debía de tener más de 12 años asomó por el marco entreabierto.

–¿El doctor Yalil al-Bayal? –preguntó con una mirada achispada.

–Sí...; bueno, no... Pero pasa y ahora voy...

–Le explicaré todo en sólo un minuto –dijo de pronto la joven, acercándose hasta la mesa tras haber echado una rápida ojeada a su alrededor. Sus ojos negros, penetrantes y misteriosos, se encargaron de ello–. El señor Bakrí me ha dicho que esto podría ser de su interés –dijo entonces, depositando un bulto encima de la mesa– y que, si quiere saber más sobre el «asunto» y de cómo ha conseguido «rescatarlo», estará esperando mañana a las seis de la tarde en La Perla del Nilo, al pie del barrio de la Ciudadela. No tiene pérdida. El señor Bakrí tiene intención de vender esta información a un buen precio y está convencido de que es usted la persona indicada...

–¡Un momento, un momento! Yo no soy el doctor al-Bayal... Pero, ¿has dicho «Bakrí»? –preguntó Kinani, como si estuviera hablando de un fantasma que acaba de abandonar la tumba delante de sus propios ojos–. ¿No te referirás a aquel chiflado que...? Quiero decir: ¿hablas del comerciante de objetos arqueológicos..., de Bakrí, aquel hombre bajito..., de pelo grasiento con un gorro de colores? ¡Pero si hace seis años que no sabemos nada de él! Le creíamos muerto...

Kinani se había puesto muy nervioso, pero cuando abrió el paquete encerrado en una bolsa de plástico y extrajo su contenido, casi le dio un infarto. Entre un montón de periódicos llenos de arena reconoció de inmediato el espejo de la princesa Neferure, medio envuelto en lo que parecían unas vendas amarillentas con numerosos signos jeroglíficos pintados sobre ellas.

–¡Por las barbas del profeta! –exclamó con la mirada desorbitada–. Tengo que avisar ahora mismo a Yalil.

–Bueno, ¿qué le digo al señor Bakrí? –preguntó la joven indiferente, al parecer más que habituada a aceptar la indiscutible descripción que habían hecho del peculiar comerciante.

–Dile..., dile que sin duda acudiremos a la cita. Aunque,

espera un momento... –trató de reflexionar precipitadamente–. Yo sólo soy un estudiante... Yalil está en el laboratorio, pero ahora mismo lo llamo –marcó en el teléfono los cuatro números de la extensión interna del laboratorio y esperó. Yalil no respondía. Kinani, nervioso, insistió varias veces, si bien sabía que si no había contestado ya, es porque no estaba en el laboratorio–. Voy a buscarlo –dijo entonces–. Mientras tanto tú..., tú no te muevas de aquí. ¿Me has entendido? Ahora mismo vuelvo.

Kinani abandonó el despacho y corrió hasta el ala opuesta del museo tan rápidamente como pudo; rastreó los almacenes hasta que al fin encontró a Yalil en una de las secciones de la XII dinastía, ordenando sobre unas estanterías parte de un material inventariado.

De vuelta al despacho, le puso al corriente de lo ocurrido; ninguno de los dos pudo evitar contener una enorme emoción. Cuando llegaron, entraron de golpe, sudorosos y agitados. La chica había desaparecido, pero no lo que había traído: el espejo de la princesa Neferure, el mismo que tuvieron que dejar en Hanefer para poder escapar del corazón del dios Ha.

2
Un caso para Yalil

Yalil fue derecho a la mesa y cogió el espejo. Una mezcla de incredulidad y escepticismo le invadió, porque en el fondo le costaba creer que se tratase del mismo objeto que habían debido abandonar seis años atrás en el interior de la cueva. Lo liberó del vendaje enrollado y lo inspeccionó atentamente. Kinani escuchaba el jadeo de su respiración agitada mientras lo hacía.

–Es el mismo –concluyó Yalil poco después.

–¡Ya te lo dije! –exclamó él–. Casi me desmayo de la impresión nada más verlo. Pero... ¿cómo es posible? ¿Cómo y por qué después de tanto tiempo? ¿Esto significa que Bakrí está dispuesto a revelarnos otro modo de entrar y salir de Hanefer? A no ser que se haya infiltrado por la misma galería por la que nosotros descubrimos la caverna cuando llegamos a la habitación de la princesa Neferure.

–El dios Ha no se lo habría permitido –objetó Yalil, recordando con claridad la galería de la que Kinani hablaba–. Además, recuerda que la entrada quedó sepultada bajo una montaña de arena. Nunca conseguimos saber cómo Bakrí pudo llevarse el espejo y, al mismo tiempo, escapar de Hanefer. Es un enigma que nos ha traído de cabeza desde que volvimos del valle... No –negó pensativo un segundo después–; tiene que haber otra forma de llegar al corazón de oro y salir de él que nosotros no descubrimos y que Bakrí conocía desde un principio. Sin embargo, no sé por qué, pero en esta ocasión me da la corazonada de que ese loco ha descubierto algo importante, estoy seguro, y por eso ha vuelto: a sacar partido de su descubrimiento. De lo contrario, hace años que habría dado señales de vida y no habría esperado hasta hoy. Esta clase de personas no dan un paso en falso si no hay dinero de por medio; huelen los billetes a kilómetros de distancia, como los tiburones la sangre de sus víctimas.

Mientras Yalil reflexionaba con aire grave ante la inesperada sorpresa, apartó el espejo y se centró en los trozos de vendas de lino. Aún se mantenían lo suficientemente flexibles como para no romperse al desenrollarlas; estaban recubiertas de jeroglíficos pintados en negro.

–Me parece, Kinani, que pasaré esta noche en el museo –anunció sin apartar la vista de las vendas de lino.

–¿Lo dices por los jeroglíficos?

–Sin quererlo, Bakrí nos ha aportado una valiosísima información –dijo–. Incluso la misma arena podría resultarnos muy útil. Es mejor recogerlo todo –dijo, vaciando con rapidez una caja de cartón que utilizaba de papelera y

24

metiendo dentro el espejo, las vendas y la arena, que recogió con gran cuidado–. Vámonos al laboratorio.

–No veo el momento de contárselo a Hassan y a mi hermano. Se morirán de curiosidad cuando sepan que Bakrí ha resucitado como el ave fénix –comentó Kinani camino ya del laboratorio.

–Antes de decirles nada, espera a que traduzca los jeroglíficos. Es posible que incluso haga algunos análisis de las vendas y también de la arena, aunque eso llevará más tiempo.

–¡Vamos, Yalil! –rió con desenfado–. No creerás que voy a poder aguantar más de veinticuatro horas las ganas de contarles una noticia como ésta. Ya me conoces: soy incapaz de hacerlo, aunque me cayese encima una maldición divina o una piedra de granito de diez toneladas.

–Espera, al menos, hasta mañana –le rogó Yalil al llegar a la puerta del laboratorio. Giró la llave y, al entrar, encendió las luces de la sala–. Y ahora, vuelve a casa y termina de preparar tu examen. Nos veremos mañana por la tarde y te contaré lo que haya descubierto. Luego acudiremos juntos a la Ciudadela. Por la mañana preguntaré a la gente que trabaja en el museo si alguien sabe qué es La Perla del Nilo. No tengo muy claro si se trata de una pensión, un bar o una carnicería. ¡A saber!

–¡Pero Yalil! –protestó Kinani descontento–. ¿Me estás pidiendo que me vaya y te deje a solas con esto entre las manos?

–Sí, más o menos. Mañana tienes un examen, ¿lo has olvidado?

—No, pero...

—Pero nada —repuso resoluto—. Tú ahora tienes que enfrentarte a la protohistoria del Asia Menor y yo, a descifrar unos cuantos jeroglíficos. ¡No se hable más! Cada mochuelo a su olivo o, lo que es lo mismo, cada uno a su casa. Te espero mañana sobre las cinco y media, como todos los días.

—Al menos, deja que me quede un rato, o que traduzca algún trocito de venda. Sabes que no se me da mal...

—Si te dejo, sólo perderás tiempo y no conseguirás concentrarte en el estudio —objetó Yalil.

—Está bien, está bien... Tú ganas. Nos veremos mañana. Ya veo que no hay forma de convencerte.

Resignado, Kinani dio media vuelta y se dirigió a la salida. Yalil vio cómo doblaba a la derecha al final del corredor y luego oyó el eco de sus pasos, que se perdían suavemente mientras abandonaba el museo camino de la entrada principal.

Entonces Yalil se encerró en el laboratorio y se puso manos a la obra.

La luz alumbraba con absoluta claridad cada milímetro de las vendas de lino amarillento que Yalil había colocado encima de una pantalla plana y traslúcida, iluminada en su interior por unas frías luces de neón. Durante más de una hora trató de recomponer los pedazos, esperando que se tratase de las piezas de un único puzle.

Empezó a desanimarse cuando se cercioró de que,

excepto algunos fragmentos, el resto no encajaba y no había modo de reconstruir una frase coherente. Era bastante probable que los fragmentos perteneciesen a una momia y, como muchos de ellos mostraban una rotura reciente e intencionada, no le quedaba más opción que pensar que Bakrí se los había arrancado para envolver el espejo, a sabiendas de que cualquier texto escrito supondría una verdadera bomba de información para un egiptólogo.

Pero, ¿qué relación podían tener todas esas vendas con el espejo, si es que la tenían? ¿Bakrí habría encontrado un conjunto funerario cerca de Hanefer? ¿Tal vez el de la tumba de la joven princesa Neferure, de cuya muerte ninguna crónica histórica dio ni el más leve indicio?

Al cabo de un par de horas más de trabajo, esto fue lo que Yalil pudo leer:

Señor del cielo [...] gemelo de Ra, dios de la luz y las duras tinieblas, [...]
[...] como un suspiro [...] Tú que vienes del origen de los tiempos, tú que viajas portando la vida [...]
[...] si de nuevo llueve tu ira [...]
A la luz del día llegaste [...] las estrellas duermen [...] en el corazón el fuego del oro [...]
[...] En tu vientre vivirán la eternidad tus trece hijos [...]
aquéllos que te vieron llegar [...]

No era la primera vez que Yalil se enfrentaba a un texto incompleto e inconexo como éste. Su trabajo consistía en traducir jeroglíficos, a veces en un estado lamentable, pero le llamó mucho la atención el contenido de las frases.

Si los fragmentos de las vendas pertenecían a una momia, ¿por qué no se hablaba en ellas del viaje al Más Allá del difunto, del Juicio de los Muertos, del ka o espíritu del muerto? Se hablaba de oro, de estrellas, de la furia, de un dios gemelo de Ra. Se hablaba de trece hijos..., pero, ¿a qué hijos se hacía referencia? ¿Hijos de un faraón, de un noble, de un alto cargo militar? ¿De quién se hablaba exactamente?

Los ojos de Yalil mostraban signos de cansancio. Se alzó las gafas para frotárselos y los cerró al mismo tiempo, experimentando un gran alivio.

–Será mejor que me vaya a casa –se dijo–. Esto no tiene pies ni cabeza: ¡el dios Ra no tiene ningún gemelo!, a no ser que yo sea un poco torpe y existan dos soles en nuestro Sistema Solar, como en las películas de ciencia ficción. ¿Se tratará de algún culto del que no tengamos noticia? Pero, si así fuese, ¿qué relación tiene este «gemelo de Ra», como aquí dice, con el dios Ha..., con estas vendas... y con el espejo...? ¡Si es que la tiene!

Cansado, se levantó de la mesa y arqueó la espalda para desentumecerla de la postura que había mantenido durante la última hora.

Luego, metió una muestra de la arena dentro de un tubito de cristal. Añadió unos líquidos, agitó el contenido y lo introdujo en el interior de un aparato electrónico altamente sofisticado, la última adquisición del museo, que estaba modernizando su laboratorio desde hacía algunos meses.

El aparato podía aportar datos sobre los tipos de minerales presentes en la arena, alteraciones geoquímicas y otras pistas sobre su origen, pues Yalil no tenía muy claro que aquella arena procediese de la ciudad de Hanefer. Y, si en verdad se demostraba que sí, que había salido del valle del Hammammat, entonces tendría que averiguar de dónde la había sacado Bakrí, porque no recordaba haber visto momias, sarcófagos ni cementerios durante el tiempo que estuvieron en Hanefer.

Eran las diez y cuarto de la noche y no se oía ni una mosca en todo el museo; únicamente el viento helado, que golpeaba las inmensas cristaleras del gran edificio. Las salas estaban a oscuras y las alarmas conectadas; Yalil seguía encerrado en el laboratorio a la espera del resultado de los análisis.

De pronto sonó un «bip». El aparato de precisión anunciaba que acababa de concluir su trabajo. Yalil pulsó un botón verde y la impresora comenzó a funcionar. Imprimió un par de folios con unos dibujos y unas gráficas de colores llenas de picos que más parecían el balance semestral de la Bolsa de Nueva York que otra cosa. Por último, aparecieron los porcentajes con los minerales que había en la arena.

Yalil comenzó a leer los resultados antes de que acabara de imprimirlos. Por la cara que puso, algo extraño ocurría.

−¡No es posible! Tiene que haber un error. Tal vez deba repetir los análisis, porque la presencia de este mineral es absolutamente imposible −consultó su reloj y de pronto exclamó−: ¡Buff! Ya son las once y media. La cabeza me estallará si no me voy a casa a dormir... Aunque mucho me temo que no pegaré ojo en toda la noche. Si el departamento de geología de la Universidad me confirma esta noticia, me temo que ninguno dormirá. Será mejor que, por el momento, no diga nada. Tengo que asegurarme de que no se trata de un error. Es más: espero que sólo sea eso, un simple error.

3
LA PERLA DEL NILO

A Kinani le faltaban todavía varias preguntas que responder antes de dar por finalizado su examen. Yalil lo estaba esperando fuera del aula sentado en un banco, junto a unos muchachos que comentaban y se quejaban de lo difícil que había sido la prueba.

Eran las tres menos cinco cuando sonó el timbre en el interior de la clase.

Yalil se asomó por la pequeña ventana cuadrada de la puerta y vio que la profesora comenzaba a amontonar los exámenes.

Los últimos diez muchachos que quedaban parecían exhaustos después del esfuerzo; algunos resoplaron estirando las piernas por debajo de sus pupitres y otros comenzaron a recoger sus cosas en silencio. Segundos después, abandonaban la clase sin hacer demasiados comentarios.

Kinani fue el penúltimo en hacerlo. Se le veía ojeroso

y suspiraba como quien se hubiera quitado un enorme peso de encima. Pero, al salir del aula, le cambió de golpe la expresión.

–¿Pero no habíamos quedado en el museo? –se sorprendió al ver a Yalil allí sentado.

–Sí, así es –le respondió, levantándose al mismo tiempo–. Sin embargo, he pensado que ganaremos tiempo si vamos directamente desde aquí a La Perla del Nilo. Ya he averiguado de qué se trata.

–¡Ah, sí! –exclamó Kinani, cerrando los bolsillos de su mochila y enfundándose el abrigo.

–Es una pensión de tres al cuarto –le puso al corriente Yalil entre la marabunta de alumnos que circulaba por los pasillos–, aunque, tratándose de Bakrí –dijo–, no me extraña nada. Le va como anillo al dedo. Iremos en mi coche –el Ford azul de Yalil estaba aparcado justo a la entrada de la escuela–. La Ciudadela está un poco lejos y... ¡Huy, perdóname! ¡Qué descortés he sido! ¿Cómo ha ido el examen?

Kinani puso cara de asco.

–Creo que tenía la cabeza en otra parte –respondió secamente–. Con todo lo que ocurrió ayer, no pude concentrarme demasiado. Ya veremos... ¿Y tú? ¿Qué has averiguado?

–Tengo un mar de interrogantes. Los jeroglíficos están incompletos y no comprendo las frases cortadas que he descifrado. Hablan de un gemelo del dios Ra, de trece personas posiblemente sepultadas en lo que se llama «tu vientre», de la furia de un dios... Tal vez se trata de Ha, tal vez de ese gemelo de Ra...

–¿Ra tenía un gemelo? –preguntó Kinani sorprendido, al tiempo que abría la puerta del coche.

–Es posible que se trate de Atón, pero su representación como disco solar y dios con cabeza de halcón no aparece en los jeroglíficos... –le explicó Yalil–. Además, faltarían los rayos de sol surgiendo del disco, típicos de las representaciones que se hicieron en época de Akhenaton. He pensado que tal vez no se haga referencia a un dios, sino más bien a un cuerpo celeste, a una nueva estrella... ¡No sé! Son sólo conjeturas, como te podrás imaginar. Las vendas están llenas de referencias astronómicas, pero en las momias no se escribían datos de este tipo.

–Es posible que Bakrí haya encontrado la momia de un astrónomo o de un importante matemático.

Yalil frunció el entrecejo esgrimiendo un gesto de gravedad. Negando con firmeza, contestó:

–Algo me dice que los tiros no van por ahí –repuso–. La verdad es que por el momento no consigo entender nada y precisamente por eso necesito hablar con Bakrí. Creo que ha dado con una auténtica mina... Algo nuevo, único... Estoy seguro de que lo que ha descubierto merece la pena.

En ese momento, Yalil puso el coche en marcha.

–¿Y el resto? –preguntó Kinani, acomodándose en su asiento.

–¿Qué resto?

–¿No dijiste que analizarías la arena y las vendas?

–¡Ah, sí! –exclamó al recordar–. Por lo que respecta a la arena, aún no estoy seguro de lo que he descubierto. Eran ya las once de la noche cuando obtuve algunos resultados, pero he debido de equivocarme en algo y tendré que repetir la prueba. Los aparatos son nuevos y me falta experiencia en su manejo. Las vendas tendrán que esperar. ¡En fin! No tuve tiempo de hacer más.

–De modo que ibas a pasar la noche trabajando.

–Sí, eso dije. Pero yo también soy de carne y hueso y, después de devanarme los sesos con la transcripción de los jeroglíficos, lo único que podía hacer era irme a casa a descansar.

El tráfico era caótico. La mitad de los semáforos no funcionaba, tal vez por alguna avería debida a la nieve, y cada cual trataba de avanzar como podía.

–¡Mira qué desastre! –protestó Kinani mientras veía cómo un rebaño de cabras cruzaba en ese momento entre los coches parados, como si tal cosa.

–Pues ya es tarde para dar marcha atrás –objetó Yalil mirando por el espejo retrovisor y comprobando la cola de coches que había a sus espaldas–. Menos mal que la cita es a las seis y la Ciudadela no está muy lejos de aquí.

–¡Pero si son sólo las tres y media de la tarde!

–Pues entonces, ¿de qué te quejas?; en ese caso, no llegaremos tarde –repuso flemático–; tenemos dos horas y media de atasco. A propósito, ¿le has contado algo a tu hermano?

–Ni media palabra.

–¿Y a Hassan?

–Ayer no fui a visitarlo.

34

–¿Seguro?

–Sí, seguro.

Tardaron en llegar casi dos horas. Ya en el barrio de la Ciudadela aparcaron el coche en el extrarradio y llegaron a pie a la pensión. Se encontraba perdida entre un amasijo de viejos callejones estrechos y tortuosos, que daban cobijo a una barriada degradada a los pies de una gran mezquita ubicada sobre una elevada colina; desde allí se dominaba gran parte de El Cairo.

La ropa se mecía en los tendederos de balcones y ventanas, pero el sol no llegaba hasta ella, sólo un viento seco y frío que arremolinaba las basuras en los recovecos más angostos.

—¿Seguro que te han informado bien? —preguntó Kinani mientras caminaban por la barriada.

—Creo que sí —dijo él—. Tendría que haber un cartel colgado en la entrada. ¡Ah, míralo! Ése debe de ser.

Al final de la calle, justo en el penúltimo portal a la izquierda, como a Yalil le habían indicado, se veía un letrero medio desenganchado de una mugrienta pared repleta de desconchones. Se podía leer a duras penas lo que quedaba de él: «_a Perl_ del _il_». Del dibujo de las palmeras y del río poco quedaba (por no decir nada); una mancha de herrumbre devoraba las palmeras, el Nilo y los peces. Sobre él sobresalían dos balcones con los barrotes oxidados. Parecía como si nadie hubiera abierto en años las dos hojas de las ventanas que daban al callejón, pues la mugre las sellaba a cal y canto.

Yalil y Kinani cruzaron sus miradas y aligeraron el paso hasta llegar al portal.

—Quizás está cerrada —vaciló Kinani delante de la entrada.

–No, no lo creo.

Yalil pulsó el timbre y al mismo tiempo empujó la puerta, que se abrió crujiendo intensamente. Había un corredor estrecho iluminado por una lámpara de techo con cristales de colores y estructura de metal. A la derecha estaba la recepción; al otro lado de su mostrador un conserje escuchaba música de una radio mientras leía el periódico. Frente a la recepción arrancaban las escaleras que daban al piso superior.

–Buenas tardes –saludó Yalil al conserje. Éste bajó el volumen de la radio y se alzó de su vieja butaca para comprobar quién había entrado–. Tenemos una cita con el señor Bakrí –le dijo.

–¡Ah, sí, sí! El tipo de la 107. Suban las escaleras. No tiene pérdida. La pensión tiene solamente siete habitaciones. Es mi número de la suerte –rió, mostrando su dentadura ennegrecida de tanto masticar tabaco.

–Ya..., me lo imagino –repuso Yalil, que no supo qué otro comentario hacerle–. Vamos, Kinani.

Los peldaños de madera estaban tan viejos que crujían intensamente a cada paso, dando la sensación de que la escalera se podría venir abajo de un momento a otro.

–¡Sin miedo, sin miedo, que no se cae! ¡Se lo aseguro yo, que subo y bajo todos los días! En el fondo es más robusta de lo que parece... –se oyó la voz del conserje que gritaba desde la recepción.

–¡Pues quién lo hubiera dicho! –comentó Yalil volviéndose hacia Kinani, que caminaba detrás de él.

Al llegar a la primera planta, vieron un largo pasillo

recorrido por una vieja alfombra cuyo centro estaba desgastado y flanqueado por siete puertas. Lo atravesaron hasta llegar a la puerta 107.

Eran las seis menos cinco de la tarde.

¡Toc! ¡Toc! ¡Toc!, llamó Yalil.

—¿Señor Bakrí? Soy el doctor Yalil al-Bayal —se presentó así.

Un crujido de pasos recorrió el entarimado del interior de la estancia. Luego se oyó la llave girar en la cerradura.

De pronto la puerta se abrió y el rostro de Bakrí asomó por ella.

—¡Rápido, entren! —les apremió nervioso con la mirada desorbitada—. ¿Les han seguido?

—¿Cómo dice? —preguntó Yalil sorprendido.

—Sí, que si les han seguido hasta aquí..., los dos hombres de los ojos azules y los abrigos oscuros.

—No sé de qué me está hablando —replicó Yalil sin comprender—. ¿Es que acaso ha citado a otras personas a esta reunión?

Bakrí observó desconfiado el corredor y luego cerró de nuevo la puerta con llave.

—Me siguen desde hace días —les comentó.

—¿Quién le sigue? —preguntó Yalil, adentrándose en la pequeña habitación, que estaba prácticamente a oscuras, con las cortinas corridas y una pequeña lámpara de mesa encendida que apenas iluminaba la única cama que había.

—Dos tipos altos, de ojos azules, extranjeros por lo que parece... —dijo—. Vienen a por lo que ustedes ya tienen.

–¿Se refiere al espejo con las vendas? –preguntó Kinani.

–¿A qué otra cosa si no, muchacho?

Bakrí había cambiado mucho. Su rostro estaba surcado por profundas arrugas y tenía todo el pelo blanco.

–¿Por qué no ha venido el dependiente de la tienda? –preguntó entonces, manifestando cierta contrariedad por ello.

–¿Se refiere a Hassan?

–Sí..., a Hassan –bufó irritado–; ese hombre alto, el nubio. Lo recuerdo bien.

–La muchacha que vino al museo y trajo el mensaje y las vendas con el espejo se presentó en mi despacho preguntando por el doctor Al-Bayal, no por Hassan. ¡Debería haber sido más explícito o haber acudido directamente a la tienda del señor Abbas como hizo años atrás! –se molestó Yalil, alzando la voz.

Bakrí pareció confuso. Yalil y Kinani intercambiaron sus miradas, confusos también.

–No, esa tienda no es segura... –replicó Bakrí nervioso, como si ya hubiera barajado esa posibilidad de antemano–. No puede serlo. Sobre todo, si esos dos tipos me siguen pisando los talones. Sería al primer lugar al que acudirían.

–¿Me quiere explicar qué es lo que está ocurriendo aquí? –le pidió Yalil–. No entiendo nada. ¿No tenía intención de vendernos una información importante acerca de cómo ha podido recuperar el espejo? Ayer por la noche descifré los jeroglíficos de las vendas y, si he de serle sincero, estoy dispuesto a comprarle la información.

–Bueno..., lo cierto es que me he desecho de ella. Ayer mismo, sin ir más lejos. Los acontecimientos se precipitaron una vez que Yasmine salió hacia el museo.

–¿Qué está diciendo? ¿De qué se ha desecho?

–Sí, así es. Me he desecho de todo... –les dijo, sentándose en el borde de la cama–. Mitad a ellos, mitad a ustedes. Pero creo que ha sido peor, porque ahora son ustedes los que están en peligro. Ellos todavía no lo saben, pero... pronto lo averiguarán. Es mejor que escape con mi hija antes de que nos encuentren a todos.

–¡Por las barbas del profeta! –gritó Yalil confuso e irritado a un mismo tiempo–. No entiendo nada de nada... ¿Ha dicho su hija? ¿Está hablando de la muchacha que vino al museo?

–Yasmine me está esperando. Si desean la información que les he vendido a esos hombres, tendrán que hablar directamente con ellos. Se puede volver a Hanefer, si eso es lo que quieren saber; el espejo no hace falta. Hay muchos espejos. Lo importante es que nadie los mueva de su sitio. No se sabe qué podría suceder... Son peligrosos, muy peligrosos... No había visto nada igual –dijo, perdiendo la mirada en el vacío–. Podrían llegar a matar a un hombre... Podrían haberme matado...

–No entiendo de qué nos está hablando –intervino Kinani, sacudiendo la cabeza–. Sea más claro: ¿qué significa que hay muchos espejos y que podrían matar a alguien? ¿Quiere decir que el espejo que trajo ayer su hija no es el que nosotros dejamos abandonado en el borde del lago cuando escapamos de Hanefer? Yo diría que es exactamente el mismo.

–¿Y las vendas? ¿A quién pertenecen? –aprovechó Yalil para preguntarle–. ¿Quiénes son las trece personas a las hacen referencia los jeroglíficos? ¿Se trata de trece momias?

–Yo no entiendo de jeroglíficos, pero no son trece..., son catorce. Sí..., contando con la de la cámara principal, creo que en total son catorce momias.

–¡Explíquese mejor! –le pidió Yalil.

–Posiblemente sea la momia de un inmenso cocodrilo... –siguió hablando Bakrí–. No me pareció el cuerpo embalsamado de un humano; era demasiado alto y robusto..., pero era una momia más, eso sí. Catorce –concluyó, afirmando con aplomo–; son catorce y no trece... De cualquier forma, como ya les he dicho, se las tendrán que arreglar con los tipos a los que les vendí las otras vendas y parte de la información que les estoy contando.

–¿Las otras vendas? ¿Parte de la información? ¡Estoy a punto de perder la paciencia! –rugió Yalil, alzando de nuevo la voz–. Nos ha traído aquí poniéndonos una zanahoria en la nariz como se hace con los burros para que anden, y ahora nos dice que nos las apañemos con dos extraños tipos que, por lo que veo, parecen dos matones mafiosos.

–Son extranjeros... Occidentales... Tal vez norteamericanos; quizás no debí darles el resto de las vendas con los jeroglíficos... –se lamentó, manifestando un momentáneo arrepentimiento–. Tenía intención de vendérselas a ustedes, pero ellos me ofrecieron mil dólares por ellas... ¡Mil dólares! ¡Compréndalo! Soy padre de familia. Con todo ese dinero se sobrevive meses en este país sin pasar penurias.

–¡Estupendo! ¡Vaya un buen padre de familia que está usted hecho! Vamos, Kinani –dijo Yalil mientras se dirigía a la puerta–. Aquí no tenemos nada más qué hacer. Por lo que parece, esas personas se pondrán en contacto con nosotros antes o después.

–Ya sabía yo que no podíamos fiarnos de alguien como él –Kinani se acercó a la ventana y de un golpe descorrió las cortinas, dejando entrar la luz que se filtraba por el callejón.

–Lo siento, de verás que lo siento –se excusó Bakrí, cerrando con premura las cortinas–. Tal vez en otra ocasión...

–¡Por mí se puede ir usted a los mismísimos infiernos!

Yalil estaba realmente enfadado y dio tal portazo al salir de la habitación que el golpe retumbó en todo el pasillo. Las puertas de las habitaciones 102 y 105 se abrieron de par en par.

–Siento haberles molestado –se excusó Yalil a las dos personas que se habían asomado al oír el ruido.

Por las escaleras se encontraron con Yasmine, que subía llevando una bolsa de papel en las manos. De ella asomaba el cuello de una botella de gaseosa; un olor a cominos y pimientos fritos se escapaba de su interior.

–Dile a tu padre que haría mejor..., que deje de utilizarte de recadera... –le dijo Kinani visiblemente enfadado.

Yasmine no comprendió.

Cuando abandonaron La Perla del Nilo vieron que dos hombres altos, rubios y de ojos azules aparecían al final de callejón, avanzando hacia la pensión. Se cruzaron con ellos a mitad de camino. Eran los dos tipos a los que Bakrí decía haberles vendido las otras vendas.

–¿Los conoces? –preguntó entonces Kinani a Yalil cuando la pareja de extranjeros abrió la puerta de entrada de la pensión, desapareciendo tras ella.

–No los he visto en mi vida, pero no tienen pinta de arqueólogos, egiptólogos ni profesores universitarios.

–A mí más bien me parecen policías...., y de la secreta.

–¡De la secreta! ¡Bueno estás tú! Serán revendedores de piezas arqueológicas, como Bakrí. Compran y venden al mejor postor; eso es todo... Pertenecerán a alguna galería de arte europea o americana a la caza de tesoros. ¡De la secreta! –rió Yalil, sacudiendo la cabeza a Kinani.

–Pues no sé qué tiene de gracioso lo que he dicho.

4
EN CASA DE HASSAN

Una vieja estufa de gas calentaba el pequeño salón en el que Hassan y Tamín escuchaban con perplejidad lo que Yalil y Kinani les estaban contando.

–El agua está hirviendo. ¿Quieres hacer el favor de apagar el fuego? –pidió Hassan a Kinani al oír que la tetera silbaba en la cocina como una vieja locomotora de vapor.

–Por supuesto –contestó él voluntarioso–. Tú no te muevas de aquí. Yo me encargo de preparar el té.

Cuando Kinani se dirigía a la cocina, empezó de nuevo a llover.

La pipa de Hassan embriagaba el aire con un aroma dulzón que relajaba el ambiente, un poco tenso después de todas las novedades que Hassan y Tamín acababan de escuchar.

El humo se enredaba lentamente en los rizos canosos del pelo de Hassan, mientras giraba una y otra vez el espejo

43

de cobre, como si esperase que de un momento a otro dijera él también algo.

–De modo que éste no es el mismo objeto que abandonamos en la cueva hace seis años –dijo entonces con aire incrédulo.

–Eso nos dio a entender Bakrí –le repitió Yalil–, pero ya lo conoces: te da una de cal y otra de arena, y al final no sabes a qué carta jugar. A mí lo que más me intriga de todo esto es la lectura de los jeroglíficos. En mis años de investigación nunca he dado con una información tan extraña. A no ser que el gemelo de Ra sea el dios Ha, nada tiene sentido..., porque es imposible que se trate del dios Atón.

–Tal vez sea una forma primitiva o local de representarlo –sugirió Hassan en ese momento.

Yalil se quedó pensativo.

Hassan cogió entonces la transcripción con los jeroglíficos que Yalil había descifrado días antes en el museo.

–¿Y estos trece hijos de los que habla al final? –preguntó luego.

–Puede que correspondan a trece víctimas y que haga referencia a alguna secta religiosa de la cual no tengamos noticias y a la que se le ofrecían las vidas de sus fieles o discípulos, porque estoy convencido de que nada tienen que ver con personajes de la nobleza ni con altos dignatarios. Si Bakrí nos hubiera vendido la otra parte de la información que nos tenía reservada, tal vez sería más fácil saber qué es lo que realmente ha descubierto... Por lo que respecta a la catorceava momia, puede que sea la de un cocodrilo, como dijo él. No sería extraño. El dios Sobek, señor de las aguas, era adorado en forma de cocodrilo. Los cocodrilos solían momificarse, al igual que se hacía con bueyes, gatos, perros, patos, babuinos, halcones y muchos otros animales que acompañarían al difunto en su viaje hacia la eternidad. La variedad de animales sagrados era enorme. ¡Animales momificados se cuentan por miles en las tumbas! Me extraña solamente el hecho de que Sobek era un animal adorado, sobre todo, en la región de El Fayum, al sur de El Cairo, y a lo largo del Nilo, pero no en pleno desierto, siempre suponiendo que las vendas y el espejo provengan de donde creemos que proceden, de Hanefer. Pero, por el momento, no puedo hacer más que conjeturas, a falta de una información más sólida.

–Entonces no tenemos certeza de nada –concluyó Hassan, arrojando una bocanada de humo al aire–. ¿Os dijo Bakrí que encontró el espejo y las vendas en Hanefer?

–No, no lo dijo expresamente..., pero tampoco lo negó –precisó Yalil.

–Di mejor que tampoco se lo preguntamos. Sólo lo dedujimos al ver el espejo. ¡Parecía obvio! –señaló Kinani.

–Sí, es cierto. No lo hicimos...

–Yo creo que deberíais volver a La Perla del Nilo y sonsacarle más información por algunos dólares. Esta vez os acompañaré –dijo Hassan mientras vertía el té de hierbas en los vasos de cristal–. A mi juicio, os precipitasteis al salir de la pensión tan enfadados sin conseguir aclarar nada.

–¿Sin aclarar nada? –repitió Kinani atónito–. Con ese tipo no hay nada que aclarar.

Hassan sacudió la cabeza y chasqueó la lengua.

–Con un poco de tacto y paciencia lo habríais conseguido –repuso después de beber el primer sorbo caliente–. Con esta clase de gente hay que tener nervios de acero. Bakrí te puede llevar al borde de la histeria si no andas con cuidado. Es muy hábil.

–Tú sabes cómo tratarlos –habló Tamín, que hasta ese momento se había limitado a escuchar–. Tenías que haber ido tú, Hassan, y no ellos.

–¿Acaso estás insinuando que hemos metido la pata? –se le encaró Kinani, endureciendo la mirada.

–Pues ya que lo dices, sí.

–¡Mira quién fue a hablar: la persona con más tacto de la ciudad! –dijo Kinani.

–¡Vamos, chicos! No empecéis una de vuestras peleas –los interrumpió Yalil secamente–. Tienen razón, Kinani. Deberíamos haber sido más cautos con Bakrí. Perdimos el control cuando nos dijo que había vendido el resto de las vendas a esos extranjeros. La paciencia no ha sido nunca mi mejor virtud.

–Muchachos –intervino Hassan entonces–, no me gustan las monsergas, pero todo en esta vida tiene solución menos una cosa.

–¿Cuál? –preguntó Kinani.

–La muerte. Y, que yo sepa, todos estamos vivitos y coleando, de modo que, Yalil, trata de concertar una nueva cita con Bakrí en la misma pensión o donde él quiera. Veremos si esta vez tenemos más suerte.

–Trato hecho –convino. Depositó su vaso vacío sobre la mesa y, alzándose del sofá, anunció–: Ahora he de marcharme. Estoy desbordado de trabajo; mañana tengo una conferencia y no he empezado a seleccionar las diapositivas para la proyección. ¿Vosotros qué hacéis? –preguntó entonces, refiriéndose a los dos hermanos, que aún se miraban con cierto recelo.

–Yo me quedo un poco más –dijo Tamín.

–Pues yo no –repuso Kinani, apurando su té–. Te acompaño al museo.

–Que te diviertas, sabelotodo –dijo Tamín a Kinani.

–¡Cállate antes de que te tire de esa barba de chivo que te has dejado! –le amonestó Kinani.

–¡Será posible que no encuentre un poco de paz ni siquiera en mi propia casa! –protestó Hassan, esperando dar por zanjada la pelea–. Marchaos ya; así evitaremos más piques. Yalil, hazme saber algo cuanto antes.

–Lo haré –dijo mientras se enfundaba sus ropas de abrigo.

Kinani y Yalil abandonaron la casa de Hassan y se internaron en el barrio bajo una lluvia persistente que no parecía tener la más mínima intención de cesar.

5
LA CONFERENCIA

Hacía mucho frío. Rachas de un viento helado procedente del norte de Europa estaban barriendo El Cairo de una punta a otra. Resultaba rarísimo ver a las gentes enfundadas en guantes, abrigos y chaquetones hasta las orejas, sorteando como podían los lametazos de las gotas heladas sobre sus rostros.

Sin embargo, en el salón de conferencias del Museo Arqueológico donde Yalil estaba exponiendo el resultado de sus últimas investigaciones, el calor era más bien insoportable. La sala estaba abarrotada de gente y el haz de luz del proyector de diapositivas dibujaba una película blanquecina que giraba haciendo acusados y cambiantes meandros.

–Y, por el momento, esto es todo, señoras y señores. Muchas gracias por su amable atención –concluyó así Yalil su intervención.

Un revuelo de aplausos sacudió la sala. De pronto, las luces del salón se encendieron y la magia de la combinación de imágenes y palabras que segundos antes había dominado el lugar en el más absoluto silencio, se esfumó al instante.

Algunas manos se alzaron entre las cabezas de los asistentes, al haber iniciado Yalil un turno de preguntas.

–¿Usted tiene una pregunta? –dijo Yalil, dirigiéndose a un hombre bajito de barba blanca que se había quedado meditabundo tras la conferencia y que lo miraba con cierta ansiedad.

–Sí, sí, en efecto. Tengo sólo una –respondió el hombre.

Todas las miradas se desviaron hacia el interesado.

–¿Se ha planteado el hecho de que este hallazgo puede llegar a ser de gran trascendencia en el mundo científico?

–Quiero ser cauto, ¿señor...?

–Profesor Holl, John Holl, del Instituto Smithsonian de Estados Unidos –respondió con prontitud, revelando la alta categoría de la institución privada a la que representaba.

–Es un honor para mí, profesor Holl, responder a su pregunta. No tenía ni idea de que una eminencia en egiptología del Imperio Medio como usted asistiera a mi conferencia. Sé que todo apunta a ello –dijo, volviendo al motivo de la pregunta–, pero he de ser prudente.

–Si nuestra institución puede colaborar de algún modo a esclarecer algunos aspectos de las investigaciones que, de forma tan brillante, ha expuesto –matizó el profesor John Holl–, ofrezco nuestros laboratorios para llevar a cabo los análisis pertinentes. Disponemos de las tecnologías más avanzadas en estos campos.

–Será un verdadero honor –Yalil aceptó sabiendo lo importante que podía ser el apoyo de una institución de la categoría del Instituto Smithsonian.

Había más manos alzadas y Yalil fue estableciendo un turno de preguntas para contestar a su auditorio.

Entre preguntas y respuestas, a Yalil no le había pasado desapercibida la presencia al fondo de la sala de dos hombres de pie, cuyo aspecto, serio y circunspecto, le había intrigado desde que entraron en el salón a mitad de la conferencia.

No parecían científicos, tampoco alumnos ni amantes de la cultura. Ni siquiera curiosos. Mantenían fija la mirada en Yalil, como quien clava una espada en una manzana y está a punto de partirla en dos. Enfundados en abrigos oscuros, escondían las manos dentro de los bolsillos.

No preguntaron. No se movieron. Pero Yalil tenía idea de lo que habían ido a hacer allí, porque eran los dos tipos a los que Bakrí había vendido el resto de las vendas y, tal vez, alguna que otra información oral acerca del lugar del hallazgo.

Al acabar el turno de preguntas, un aplauso generalizado dio por finalizada la conferencia.

La gente comenzó a abandonar la sala y dos bedeles se aprestaron a descorrer las cortinas y a abrir las ventanas.

Eran las cinco y media de la tarde, seguía lloviendo y el frío irrumpió en el salón como un viento fantasmal. Algunas de las diapositivas que se encontraban encima de la mesa y que Yalil no había recogido aún, salieron volando por los aires.

–¡Abdul, la ventana! ¡Ciérrala, por Alá! –pidió al bedel mientras recogía las diapositivas que rodaban por el suelo.

En ese instante, los dos hombres aprovecharon para aproximarse a Yalil.

Uno de ellos se dirigió a él con un marcado acento norteamericano y le dijo:

–Sería más sensato para usted y para su joven alumno Kinani que abandonasen las investigaciones y nos dieran toda la información de la que disponen. Aquí encontrará las instrucciones de cómo deberá hacerlo –el hombre se metió la mano en el pecho y sacó de un bolsillo interior del abrigo un sobre cerrado, que le entregó.

–¿Quién es usted? –preguntó Yalil, molesto no sólo por su tono, sino especialmente por el contenido amenazante de su propuesta.

–Eso poco importa –le contestó–. Sus vidas corren un grave peligro si siguen indagando sobre este asunto. El hallazgo que tienen entre manos escapa a sus posibilidades de comprensión; esto es competencia de las autoridades de seguridad de la comunidad internacional.

–¿Pero de qué me está hablando? ¡Váyanse de aquí ahora mismo o me veré en la desagradable obligación de llamar al servicio de vigilancia del museo!

–Lo lamentarán amargamente si no siguen los consejos escritos en el interior de ese sobre. Buenas tardes, profesor Al-Bayal. Espero que no tenga que recordárselo de nuevo, porque me vería obligado a hacerlo en circunstancias muy desagradables para ambos, pero, sobre todo..., para usted.

–¿Acaso me está amenazando? –le inquirió Yalil con la mirada encendida.

–Sólo le estoy advirtiendo.

–¡Suélteme el brazo, o terminará en la comisaría central de policía!

–Como guste, profesor –añadió el desconocido con tono frío, pero obedeciendo.

Luego, los dos hombres se alejaron, confundiéndose entre las muchas personas que se habían quedado charlando en el pasillo, y poco después desaparecieron.

Yalil trató de serenarse, pese a que el corazón le latía con una fuerza inusitada tras lo ocurrido. Al ver que el profesor Holl abandonaba también la sala, salió corriendo detrás él.

Se abrió paso entre la gente excusándose hasta alcanzar al profesor estadounidense.

–¡Profesor Holl! ¡Profesor Holl! Espere un instante –le gritó.

–Sí, por supuesto –dijo aquél con amabilidad girándose hacia él–. Me ha gustado mucho su conferencia, sobre todo la transcripción de los jeroglíficos de la cámara de ofrendas y...

–Sí, profesor –le interrumpió bruscamente–; sin embargo..., yo quisiera hablarle de otro hallazgo más importante aún.

–¡Más importante! –se sorprendió bajo su aspecto bonachón y su barba blanca.

–¿Cuenta con una media hora de tiempo?

–Pues, sí... –repuso sin titubear–. No tengo nada que hacer hasta la hora de cenar. Mi avión parte mañana para Washington y tenía intención de tomarme el resto de la tarde libre.

—Desearía mostrarle algo —le dijo, bajando el tono de voz—. Sé que usted es un experto de fama mundial y a mí todavía me falta experiencia en ciertos campos.

—¡Vamos, vamos —rió el profesor—; no sea modesto, que todos conocemos su brillante carrera!

—Gracias por el cumplido, profesor Holl, pero..., lo que le quiero mostrar es algo que, con franqueza, escapa a mis conocimientos y desearía la opinión de un experto.

El científico lo miró sorprendido y lleno de curiosidad al mismo tiempo, pero aceptó el ofrecimiento.

Yalil se guardó en el bolsillo el misterioso sobre que le había dado el hombre del abrigo oscuro y condujo al profesor entre salas, largos pasillos y escaleras hasta los laboratorios.

Después de haber examinado las tres copias que Yalil le había dado con los resultados sobre la composición química y mineralógica de la muestra de arena, el profesor levantó la cabeza y se dio un buen respiro que le ayudara a reflexionar.

—¡Esto es como para volverse loco! —dijo, al cabo de unos segundos—. Parece como si algo hubiera cristalizado la arena a una elevadísima temperatura... —anunció entonces, entre perplejo y escéptico—. ¿De dónde procede?

—¡Eso quisiera saber yo! —resopló Yalil—. Sé que viene del desierto, de una zona comprendida entre Luxor y Assuán, aunque no puedo precisarle más por el momento. Tengo que volver a encontrarme con la persona que la trajo al museo; es posible que así consiga algo más de información. De cualquier modo, eso no es lo más importante: lo que en realidad quiero saber es si es posible o no la presencia de este mineral.

−¿Posible? −gritó estupefacto el profesor Holl−. ¡Vaya pregunta! ¿Y cómo quiere que lo sepa? No había visto nada igual en toda mi vida. Esto se me escapa de las manos, como a usted. Creo que tiene más relación con las investigaciones de la NASA o con la extinción de los dinosaurios, que con lo que investigamos en los laboratorios de arqueología del Instituto Smithsonian.

−Sí, ya lo había pensado... Tenía intención de consultar en la facultad de geología de la Universidad de El Cairo, pero, si todavía mantiene su oferta de ayuda, preferiría que fuera su institución la que realizara los análisis −dijo mientras se dirigía a otra mesa y tomaba un fragmento de las vendas de la momia. Mostrándoselo, añadió−: Si me lo permite, quisiera darle esta muestra para que hagan un examen completo de ella. Es casi seguro de que se encontró en el mismo lugar del que procede la arena. ¿Cree que su institución podría hacerse cargo de ambos análisis?

Holl examinó el fragmento de venda, en el que podía leerse un único signo jeroglífico que hacía referencia a la palabra oro, y luego dijo:

−Será un placer. Yo mismo haré los análisis y me pondré en contacto con usted en cuanto sepa algo. Por el momento y, si me permite el comentario −añadió con gesto grave, al tiempo que arqueaba una ceja−, no juzgo conveniente que nadie más sepa de este asunto –dijo, manifestando una cierta inquietud.

–Estoy completamente de acuerdo.

–Y, por lo que respecta a este dato –añadió, refiriéndose a la presencia del extraño mineral–, convendría que mantuviera también el más absoluto secreto. Ni la prensa ni los medios de comunicación deben saber nada al respecto. Su difusión podría resultar muy peligrosa..., además de que causaría un revuelo innecesario..., ¡o necesario!

–No sé por qué, pero ya empiezo a darme cuenta... –asintió Yalil, metiendo la mano en el bolsillo y cogiendo el sobre, sin sacarlo.

–A veces, es mejor ocultar una información que, más que gloria, nos podría traer muchas complicaciones...

–Soy consciente, profesor, y no sé si ha sido prudente por mi parte involucrarle de este modo, pero necesito resolver este enigma y no puedo hacerlo solo.

–Comprendo –el profesor Holl se levantó de la mesa y metió el fragmento de venda dentro de una bolsita de plástico que Yalil le dio–. Y yo, que pensaba que mi viaje al El Cairo sería como unas vacaciones... ¡En fin! Le llamaré por teléfono cuando tenga los resultados de los análisis.

–Gracias, profesor. Ha sido un auténtico golpe de suerte encontrarle hoy aquí. De no haber sido así, no sé a quién hubiera recurrido. Se lo digo con el corazón en la mano. ¡Vaya casualidad!

–No creo en las casualidades –repuso Holl con gesto grave–. Mi experiencia me dice que las personas están predestinadas a encontrarse a lo largo de la vida y que nada sucede por casualidad. Antes o después averiguamos el porqué. Eso es todo.

—¿Y cuál sería nuestro porqué, profesor?

—Aún no lo sé, pero le aseguro que tiene su explicación, como cada cosa en este mundo y fuera de él.

A través de las cristaleras Yalil vio cómo el profesor Holl abandonaba el museo. Un taxi lo esperaba a la entrada del aparcamiento y él corrió bajo la lluvia hasta alcanzarlo.

La suerte estaba echada y mantendría el secreto de la presencia de aquel extraño mineral en el puñado de arena en unos porcentajes tan alarmantes como únicos.

Ahora que se había quedado a solas, podía abrir el misterioso sobre que todavía estaba doblado en el bolsillo de su chaqueta.

Buscó un poco de intimidad alejándose de un grupo de turistas que acababan de ocupar la entrada y procedió a abrirlo mientras subía las escaleras camino de su despacho.

Al leer el encabezamiento se le erizó la piel de golpe.

Esto es lo que decía:

Central Intelligence Agency of the United States

Estimado profesor Al-Bayal:
Nuestro departamento tiene noticia de que obran en su poder elementos arqueológicos de un valor inestimable, por cuanto la presencia de cierto mineral prácticamente inexistente en la Tierra los convierten en «material de

interés altamente secreto». Le rogamos deposite todo el material que posea en una caja sellada; en breve será retirada por nuestros agentes, los mismos que le han hecho entrega de esta carta.

Le pedimos encarecidamente que no hable con nadie del hallazgo. De ahora en adelante, nos haremos cargo de la situación de este expediente X, como así ha sido catalogado.

Por su seguridad y por la de sus colegas y amigos, siga nuestras indicaciones al pie de la letra.

Gracias de antemano por su inestimable colaboración, que esperamos sea completa.

La carta no tenía la firma de un responsable ni una fecha. Sólo sabía que procedía de la CIA, al igual que el par de desconocidos que se la entregaron. Yalil examinó el documento y miró dentro y fuera del sobre buscando alguna dirección, algún dato más, incluso, el sello estampado de la institución. Nada. Ni siquiera podía estar seguro de que realmente perteneciese a la CIA como leía en el encabezamiento, pero, a juzgar por el tono conminatorio del contenido, estaba claro que no se trataba de una broma de mal gusto.

–¡Esto es increíble! –bufó malhumorado–. Pero, ¿qué se habrán creído estos tipejos? Mira que amenazarme de este modo... ¿Cómo es posible que supiesen lo de los análisis de la arena? –se preguntó entonces muy sorprendido–. Yo no le dije nada a Bakrí, y tampoco Kinani. Sólo hablamos de las vendas, de las momias y de poco más –las manos le temblaban mientras reflexionaba–; a no ser que los dos agentes de la CIA cuenten con más información que nosotros, que bien pudo habérsela proporcionado Bakrí el mismo día que me la dio a mí. ¡Este Bakrí me va a oír! –exclamó, apretando los labios de la rabia–. ¡Vaya que sí! Ha estado jugando con nosotros desde el primer día que puso los pies en esta ciudad.

Furibundo, se dirigió a toda prisa a su despacho, acelerando el paso por los largos e interminables pasillos del museo. Al llegar, consiguió el número de teléfono de la pensión y llamó de inmediato, confiando en que Bakrí aún se alojase allí y no se hubiese desvanecido en la nada tras deshacerse de todo aquello que, como siempre, juzgaba peligroso.

6
¿DÓNDE ESTÁ BAKRÍ?

—¿Dígame? –respondió el conserje al teléfono con aire despreocupado cuando sonó por segunda vez.

–¿Pensión La Perla del Nilo?

–Sí, aquí es. ¿Qué desea?

–Buenas tardes. Soy el profesor Yalil al-Bayal. Hace unos días estuve en la pensión y quisiera saber si todavía se encuentra alojado el señor Bakrí. Necesito hablar con él urgentemente.

–Todavía está aquí..., pero no creo que por mucho tiempo.

–¿Acaso tiene intención de marcharse? ¿Cuándo?

–Es la cuarta vez que cambia de habitación en tres días, él y su hija, y me temo que si no encuentra esta última de su agrado, mañana o pasado mañana como muy tarde se marchará..., si que es antes no lo echo yo con cajas destempladas, ¡porque ya me tiene harto, hablando claro! No sé qué tenían de malo las anteriores habitaciones. Al fin y al cabo, todas son iguales.

–Es muy importante para mí poder hablar con él antes de que decida abandonar la pensión. ¿Podría hacerme un gran favor?

–Si está en mi mano... –dijo el conserje, pasando la hoja del periódico que estaba hojeando mientras hablaba.

–Dígale que mañana por la mañana, a eso de las once...

–No hará falta –le interrumpió el conserje–. En este momento está entrando por la puerta. ¡Señor Bakrí! –gritó, alargándole el teléfono al otro lado del mostrador de la recepción–. Una llamada para usted.

–¿De quién se trata? –preguntó Bakrí con gesto desconfiado.

–Un hombre que vino hace unos días..., un tal Al-Bayal.

Bakrí tragó saliva y cogió el teléfono mostrando una cierta intranquilidad. El conserje volvió a clavar los ojos en su periódico. Encendió la radio y se sentó a leer.

–¿Profesor Al-Bayal? –murmuró Bakrí con voz temblorosa.

–¡Ah, por fin lo pesco! –exclamó Yalil aliviado al otro lado de la línea–. Escúcheme bien, Bakrí. Quisiera disculparme por mi comportamiento del otro día. Fui un poco impulsivo, lo reconozco, pero lamentablemente necesito hablar con usted de todo esto. Es importante que me aclare de dónde han salido el espejo, la arena y las vendas. Estoy dispuesto a pagarle quinientos dólares más por la información.

–¡Quinientos!

–Sí, me ha oído bien, quinientos dólares, y también necesito saber qué es lo que les ha vendido exactamente a esos dos hombres. Si no dispongo de esta información, lo que me ha traído no vale ni un dólar. ¿Me entiende?

–Bueno..., yo... A decir verdad, tenía intención de abandonar la ciudad ahora que nada me retiene en El Cairo.

–Podría abandonarla con quinientos dólares más en su bolsillo si pasado mañana por la mañana, a eso de las once, pudiéramos encontrarnos. ¿Le va bien en su pensión o prefiere que nos veamos en otro lugar?

–No, no... Aquí mismo irá bien. Ahora me alojo en la habitación 101, la primera puerta a la...

Bruscamente, la voz de Bakrí dejó de oírse. Yalil esperó algunos segundos, pero la conversación parecía haberse interrumpido, aunque no la línea.

–¿Bakrí..., Bakrí...? ¿Me oye? ¿Oiga? ¿Oiga? ¿Sigue usted ahí?

–Sí, le oigo, ¡demonios! –exclamó nervioso. Un cliente había entrado en la pensión y hasta que no subió las escaleras y Bakrí oyó el giro de la llave en la cerradura de su puerta, no retomó la conversación–. De acuerdo –confirmó así la cita–; pasado mañana a las once. Pero sea puntual –le recomendó–. Este sitio empieza a intranquilizarme y me marcharé de la pensión después de nuestra reunión.

–No faltaré –le aseguró–. El muchacho que conoció el otro día, junto a su hermano, y el señor Hassan, vendrán conmigo. Espero que no le importe.

–Por mí no hay inconveniente, con tal de que traigan el dinero.

–Si su información lo vale, los quinientos dólares serán suyos.

–Le aseguro que sí... Hasta pasado mañana entonces.

–Adiós, señor Bakrí.

La conversación había terminado. Yalil colgó el teléfono, pero se quedó muy pensativo después de lo que habían hablado.

Algo no encajaba.

Mientras le daba vueltas al espejo de cobre que tenía sobre su escritorio y su rostro se distorsionaba sobre la superficie irregular del disco, se preguntó por qué Bakrí no le había ofrecido esa información el primer día. Entonces recordó que, después de que Kinani y él salieran de la pensión la primera vez, vieron a los dos agentes dirigirse de nuevo a La Perla del Nilo.

¿Habría sido Bakrí capaz de venderles esa misma información tres días antes, y ahora estaba dispuesto a ganar otro pellizco haciendo lo mismo con ellos?

–Si pretende jugar a un doble juego, se va a llevar una sorpresa. No le daré ni un dólar y veremos entonces lo que pasa. Esta vez seremos nosotros los que nos saldremos con la nuestra –se dijo, apretando un puño.

Yalil se levantó, apagó las luces del despacho y fue hacia los laboratorios. Eran casi las seis y media de la tarde y sabía que Kinani ya llevaría un buen rato trabajando.

Cuando estaba a punto de doblar la esquina del primer corredor, un resplandor se escapó por debajo de la puerta cerrada del despacho. Duró algunos segundos, mientras la luz, de un color anaranjado muy intenso, parecía parpadear en el interior de la habitación. Poco después, todo quedó a oscuras.

Hassan, Kinani, Tamín y Yalil estaban haciendo tiempo en un pequeño café que no estaba muy lejos de La Perla del Nilo.

Aún faltaba media hora para la cita. El tiempo había mejorado notablemente; lucía el sol, pese a que la mañana era fría, pero había dejado de llover y un aire seco barría las calles de norte a sur.

Mientras Hassan apuraba su té de menta y observaba a los viandantes que cruzaban la acera delante del café, releyó de nuevo la misteriosa carta que Yalil le había mostrado allí mismo, pues no había tenido tiempo de hacerlo antes.

–De cualquier forma –opinó Hassan, escéptico delante del escrito–, esto no confirma que la CIA esté detrás de todo. Nadie se responsabiliza de su contenido. No hay un nombre por ninguna parte. Ni siquiera un sello oficial. ¡Podría haberla redactado yo mismo!

–¿Y qué me dices de los dos hombres que se la entregaron? –le inquirió Kinani sin darle un segundo de respiro–. Esos sí eran de carne y hueso, te lo aseguro. Los vi con mis propios ojos cuando salían de la pensión. Altos como dos torres, de ojos azules y pelo rubio muy corto.

–¡Esto sí que es bueno! –exclamó Tamín–. Ni que nos hubiéramos metido en una película de James Bond. ¡La CIA detrás de cuatro trozos de vendas egipcias y un poco de arena del desierto! –rió con desenfado–. Si queréis saber mi opinión, serán cazadores de tesoros y basta. No hay que dar mayor importancia al asunto.

–Sus amenazas a mí me parecieron bastante serias –objetó Yalil circunspecto, que no tenía muchas ganas de bromear con el tema.

–¿Qué hora es? –preguntó impaciente Hassan en ese momento. Había terminado su té y depositaba el vaso sobre la mesa.

Yalil consultó su reloj y dijo:

–Tenemos que marcharnos. Son casi las once.

Los cuatro se pusieron en marcha, internándose en el barrio de calles estrechas y tortuosas. Un grupo de chiquillos jugaba al balón en un viejo solar abandonado y sus gritos rebotaban en las paredes de los callejones, donde algunas mujeres tendían ropa en los balcones.

Cuando llegaron a la pensión, entraron y se encaminaron directamente a la habitación 101. Yalil fue el único que se detuvo un momento delante de la recepción con intención de avisar al conserje de su llegada, pero éste no estaba.

–¿Llamamos? –preguntó Kinani a Yalil ante la puerta 101, a punto de golpearla con los nudillos.

–Son las once en punto –dijo, consultando su viejo reloj–. Bakrí nos pidió que fuéramos puntuales, de modo que adelante.

Kinani llamó tres veces y luego aguardaron. Bakrí no respondió. Kinani insistió otras tres veces, llamando un poco más fuerte, y volvieron a esperar. Tampoco hubo respuesta.

–¡Nos la ha vuelto a dar! Éste se ha marchado... –protestó Tamín enfadado.

—Se estará duchando —opinó su hermano.

—No es posible —objetó Hassan muy serio—. Sabía que teníamos una cita a las once y que vendríamos con quinientos dólares de recompensa por su información —entonces se adelantó y giró lentamente el picaporte de la puerta. Estaba abierta. De pronto, todos se miraron sorprendidos—. ¡Señor Bakrí! ¿Está usted ahí? —preguntó Hassan mientras entraba lentamente en la habitación.

La estancia estaba en un completo desorden; las dos camas, revueltas; las ropas, por el suelo y todo patas arriba. Pero de Bakrí no había ni rastro.

—Aquí ha pasado algo gordo —sentenció Yalil sin titubeos al comprobar que, incluso, la maleta del comerciante estaba abierta y tirada a un lado de una de las camas—. Voy a avisar al conserje. Mientras tanto, no toquéis nada. O Bakrí es muy desordenado, y no me lo pareció la última vez que lo vi, o... me temo lo peor.

—¿Lo peor? —preguntó Kinani de pronto—. ¿A qué te refieres?

—No me tires de la lengua..., pero esto me parece muy extraño —añadió, acercándose hasta la cabecera de la cama, donde había visto algo que le había llamado la atención—; sobre todo —dijo luego—, si un tipo como él deja sobre la mesilla de noche su dinero y sus documentos personales.

Tamín, Kinani y Hassan comenzaron a observar el resto de los enseres de Bakrí sin tocar nada. Cuando Yalil regresó con el conserje, éste no supo qué pensar.

—Pues si se ha largado sin saldar la cuenta, ¡me va a oír, el muy granuja!

—No creo que ese sea el problema —le tranquilizó Yalil—. Su dinero está todavía en la mesilla, y también su documento de identidad.

—¡Caramba! ¡Esto si que es extraño! —exclamó, sacudiendo la cabeza—. ¿Qué creen que le ha podido suceder?

—Si no aparece dentro de veinticuatro horas, lo mejor será llamar a la policía —sugirió Hassan.

—¡A la policía! —exclamó el conserje con preocupación.

—Creo que, cuando alguien desaparece sin dejar rastro, se trata de un asunto de la policía. ¿Ha visto algo extraño o ha oído ruidos o gritos? —preguntó Hassan al conserje, que no dejaba de observar el desorden de la habitación.

—No..., no que yo recuerde —respondió segundos después, tratando de hacer memoria.

Inesperadamente, se oyó un sollozo y luego otro más. Procedía de debajo de una de las camas. Yalil se agachó y levantó los bordes de la colcha. Yasmine, la hija de Bakrí, estaba allí escondida, con la cara cubierta de lágrimas y el rostro desencajado. Miró con los ojos desorbitados a Yalil.

—No tengas miedo, Yasmine —le dijo Yalil tendiéndole la mano—. ¿Sabes qué le ha sucedido a tu padre?

Ella asintió con un sencillo gesto de cabeza, aceptó la mano de Yalil y salió de debajo de la cama. Parecía muy afectada, temblaba y no conseguía serenarse una vez que había comenzado a llorar.

—Tamín, por favor, trae un vaso de agua; tiene que haber uno en el baño —le pidió Yalil, sentando a Yasmine en la cama.

La muchacha se bebió el agua de un tirón, suspiró profundamente y se frotó los ojos bañados en lágrimas. Parecía que estaba un poco más tranquila.

—Han raptado a mi padre —confesó entonces, rompiendo de nuevo a llorar—. Los dos extranjeros se lo llevaron al amanecer. Estábamos durmiendo cuando llamaron a la puerta. Mi padre abrió, creyendo que se trataba del conserje, porque a esas horas de la noche la pensión está cerrada, y no sospechó que pudiera tratarse de otra persona. Ellos comenzaron a hacerle un montón de preguntas, mientras revolvían nuestras cosas sin ningún respeto. Al no encontrar lo que buscaban, se enfadaron mucho. Lo amordazaron y nos amenazaron con sus pistolas. Antes de llevárselo, me dijeron que si decía algo, no volvería a verlo vivo. ¡Yo no pude hacer nada por evitarlo!

—Pero, ¿por qué? ¿Qué es lo que querían? —preguntó el conserje ansioso.

Hassan, prudentemente, intervino.

—Creo que será mejor que, por el momento, la policía no sepa nada —dijo, cambiando bruscamente de opinión.

—¿Y por qué no? —repuso el conserje extrañado—. ¿Es que ustedes tienen algo que ver con este asunto? Yo recuerdo a esos extranjeros de los que habla la chica. Vinieron por aquí hace unos días. ¿Qué saben ustedes de ellos?

—Nada que podamos contarle —se apresuró a decirle Yalil. Le puso un billete de cincuenta dólares en la mano y le dijo—: ¿Bastará para saldar la cuenta de su cliente?

—¿Eh? ¡Sí! ¡Sin duda! —exclamó, casi dando saltos de alegría—. Es más que suficiente.

—Nosotros nos encargaremos de encontrar al señor Bakrí —dijo Yalil entonces. Los demás callaron—. En caso de que fuera necesaria la intervención de la policía, la llamaremos nosotros mismos —se llevó al conserje fuera de la habitación y, mientras bajaban camino de la recepción, le dijo—: Bakrí es un tipo un tanto extraño, de eso ya se habrá dado cuenta.

—En efecto.

—Tal vez no sea preciso alarmar a su hija más de la cuenta. Su padre se dedica a una profesión un tanto particular y en ella a veces surgen problemas e incomprensiones... La gente se pone nerviosa y quiere resolver las diferencias de forma un poco drástica. Este es uno de esos casos. Usted ya me entiende, ¿verdad?

—Si yo le contara... —se tranquilizó el conserje, dejando el asunto en manos de Yalil—. De cualquier forma, aquí estoy para lo que ustedes necesiten —dijo, agitando alegremente el billete de cincuenta dólares.

—Gracias por su ofrecimiento. Y, ahora, si me disculpa, voy a llamar a mis amigos. Creo que no tenemos nada más que hacer aquí. ¡Ah! —exclamó de pronto—. Si el señor Bakrí volviese, tenga esto —dijo mientras sacaba su tarjeta de visita y subrayaba en ella el número de teléfono—. Dígale que su hija se quedó muy preocupada y que la alojaré en mi casa hasta que ella decida lo contrario. Dejar a una muchachita sola y abandonada en una pensión ahora, que ignora el paradero de su padre, no me parece muy sensato por nuestra parte. Soy el profesor Yalil al-Bayal. Trabajo como conservador de egiptología en el Museo Arqueológico.

–Bien, bien. Me parece lógico. Haga lo que estime más conveniente.

Yalil se despidió del conserje y volvió rápidamente a la habitación. Cuando llegó, Yasmine seguía sollozando, pero parecía relajada con Tamín, Kinani y Hassan, que continuaban consolándola con ternura. Ella no paraba de hablar de todo cuanto había oído, visto y escuchado desde que llegaron a El Cairo. Hablaba y hablaba, deseosa de recuperar a su padre. Entonces tiró de un cordón que le colgaba del cuello y de pronto extrajo un extraño objeto unido a él.

–Mi padre me lo regaló –dijo–; me pidió que lo llevase siempre conmigo, que me protegería... Se lo quitó a una de las momias que encontró en su último viaje, a una que tenía forma de cocodrilo.

A Yalil se le salieron los ojos de la cara cuando reconoció el preciado objeto. Se trataba de un amuleto sagrado, un *djed*, cubierto de jeroglíficos por todas partes.

7
EL AMULETO DE YASMINE

A dos manzanas del Museo Arqueológico había un pequeño y modesto restaurante en el que servían un apetitoso menú del día. Yalil los llevó a todos allí a almorzar. Se acomodaron en una amplia mesa situada al fondo del restaurante y, al poco, llegó un camarero.

–Buenos días. ¿Ya saben qué van a tomar? –les preguntó, sacando una pequeña libreta del bolsillo del delantal.

Con un simple gesto aprobatorio, Yalil respondió por todos:

–Un cuscús para cinco.

–No tendrán que esperar demasiado –les informó el camarero, terminando de anotar el pedido–. Ahora les traigo el pan y un par de jarras de agua.

–¡Estupendo! –exclamó Yalil animoso–. Estamos hambrientos como buitres.

–Eso es lo único que hace falta para venir a comer a

nuestro restaurante. ¡Qué disfruten de la comida! –dijo el camarero antes de marcharse.

–Gracias.

Algunos minutos más tarde, el camarero llegó con una inmensa fuente repleta del exquisito manjar. Al colocarla en el centro de la mesa, el aire se perfumó con el olor a carne, verduras, sémola y especias. Comenzaron a servirse y comieron con verdadero placer, si bien Yasmine no disfrutó con la comida. La preocupación se lo impidió; entre bocado y bocado se quedaba pensativa, con la mirada perdida.

–Sé que esta vez ha ocurrido algo muy grave –dijo, dirigiéndose a Hassan mientras confeccionaba bolitas con la miga del pan y las amontaba al lado del vaso de agua–. Durante toda su vida mi padre se ha metido en líos buscando tesoros por el desierto. Cuando hace un par de años mi madre murió, yo no tenía ganas de seguirle, pero no me quedó otro remedio. Me enseñó a fabricar *ushebtis*, esas estatuillas de cerámica barnizada que parecen la representación de una momia en miniatura y que se metían en las tumbas...

–Sí, sabemos lo que son los *ushebtis* –se apresuró a responder Yalil.

–Bueno, pues los he fabricado a docenas para vendérselos a los turistas –prosiguió–. Mi padre insistía en que, tarde o temprano, daría con el tesoro que nos haría ricos. Entonces dejaríamos de pasar penurias, compraríamos una casa decente y podría volver a la escuela para terminar mis estudios.

–¿Quieres decir que estos dos últimos años te ha llevado con él al desierto en busca de objetos arqueológicos? –preguntó Tamín con aire perplejo.

–No –dijo, acariciando suavemente el amuleto–. Yo me encargaba de vender las reproducciones de los *ushebtis* en los puestos ambulantes cercanos a los templos de Luxor y Karnak mientras él se marchaba solo de exploración. Siempre decía que era muy peligroso aventurarse más allá de los bordes fértiles del Nilo como él lo hacía, que el desierto está lleno de sorpresas, de monstruos maléficos, de maldiciones milenarias en las que muy pocos creen, pero que son reales como la luz del día, y que únicamente él sabe cómo sortearlas.

–Me consta... –repuso Hassan con sequedad, recordando viejas escenas de hacía más de seis años.

–Lo que no debes hacer es preocuparte más de lo necesario –le dijo Yalil tras limpiarse los restos del cuscús que le manchaban las comisuras de la boca–. Nosotros nos encargaremos de todo. Sin embargo, hay algo que tú sí podrías hacer para ayudarlo.

–¿El qué? –preguntó ansiosa.

–Dejarme el amuleto para que traduzca los signos jeroglíficos. Si me acompañas al museo ahora que ya hemos terminado de comer, te prometo que no te entretendré demasiado. El rapto de tu padre tiene que ver con lo que ha descubierto en su último viaje y, por lo que nos has dicho, el amuleto forma parte de su descubrimiento. Esos extranjeros no desean que nadie más sepa qué ha encontrado tu padre, ni siquiera nosotros –dijo, dirigiéndose también a los demás–. Es posible que la traducción de estos jeroglíficos nos ayude a desvelar algo sobre las misteriosas momias y nos dé alguna pista acerca de la razón de su secuestro. No obstante, presumo que los de la CIA desean saber lo mismo que nosotros: el lugar exacto del hallazgo.

Yasmine contempló el amuleto con extrañeza y luego dijo:

–Si este objeto puede ayudar a salvar la vida de mi padre, haré lo que me pides.

–En ese caso, ven conmigo al museo. ¿Alguien más quiere acompañarnos?

–Sí –se ofreció Kinani de inmediato.

–Siendo así, yo iré a la tienda –dijo Hassan, que sabía que Kinani no podía resistirse a un ofrecimiento como ese–. Pero, si te hago el turno de tarde, quiero que luego vengáis a contarme lo que hayáis averiguado. De cualquier forma, Yalil, piensa bien si no resultaría más fácil que Yasmine se alojase en mi casa. Al fin y al cabo, nadie podría asociarla conmigo. Esos hombres no me conocen y, sin embargo, Kinani y tú ya habéis sido blanco de sus amenazas.

–Tal vez estés en lo cierto... –repuso pensativo.

–Yo tengo que volver al bazar –se excusó Tamín–. Mi tío me hará picadillo si no me ve aparecer antes de las tres. Ya he perdido la mañana.

–¡La cuenta, por favor! –gritó Yalil al camarero, que cruzaba delante de su mesa camino de la cocina con una pila de platos sucios sobre el brazo.

–Cinco cuscús, pan y agua –resumió con acierto el camarero, deteniéndose un instante–. Son seis libras, señor. Pueden pagar en el mostrador, delante de la caja –les indicó, dirigiendo la mirada hacia la entrada del restaurante. Espero verlos de nuevo por aquí.

–Si siguen haciendo un cuscús como este, téngalo por seguro –repuso Tamín satisfecho.

En el despacho de Yalil se respiraba una atmósfera tensa. Sobre su escritorio había cuatro gramáticas jeroglíficas abiertas, y varios libros y catálogos sobre amuletos egipcios. Buscaba entre sus páginas la información que los signos del amuleto de Yasmine tenía grabados por ambas caras, anterior y posterior.

Yasmine y Kinani observaban atentamente cómo Yalil procedía a descifrar los jeroglíficos del *djed*, es decir, la representación de un tronco de árbol ramificado, muy común, por otra parte, como objeto funerario.

Se creía que estos amuletos tenían poderes mágicos y que podían defender las almas de los muertos de cualquier peligro. Los más poderosos y los más comunes eran los escarabeos[1], los *djed* y el ojo de Horus. Pero, tal vez por eso, la primera lectura de los signos que Yalil hizo no parecía precisamente un saludo de bienvenida.

Con un gesto severo les hizo partícipes de la traducción de los signos y grupos fonéticos mientras los iba escribiendo.

–Escuchad bien lo que dicen los jeroglíficos:

¡Oh, señor de las estrellas!
Quiera Osiris proteger tu alma

74

---

[1] Los *escarabeos* son escarabajos, ya que se trataba de la representación de estos coleópteros.

y castigar a quien ose perturbar tu reposo
hasta que no llegue el día de tu resurrección.

Y por la cara posterior se puede leer lo siguiente:

En rayo me convertiré.
Tu cuerpo desaparecerá en el fuego
y tu alma no alcanzará la eternidad.

–¡Déjame ver! –le pidió Kinani, mientras que Yasmine permaneció muy seria y en silencio. Kinani releyó la traducción lentamente en voz alta.

Al terminar de hacerlo, Yasmine dijo:

–Creo, Yalil, que puedes quedarte con el talismán. No quiero llevar encima nada que tenga que ver con una maldición y tampoco tengo ganas de morir carbonizada uno de estos días.

–¡Vamos, vamos! –rió Yalil con desenfado–. No corres ningún peligro llevándolo al cuello. Al fin y al cabo, la advertencia va dirigida a aquellos que osen saquear la tumba o el cuerpo del muerto.

–Pues mira tú por dónde, eso es exactamente lo que mi padre ha hecho –replicó muy seria–: ha entrado en una tumba, le ha arrancado las vendas a una momia y se ha llevado su amuleto protector.

–Tu padre, pero no tú... –puntualizó Yalil–. Creo que harías bien conservándolo. Estas maldiciones no fueron nada más que formas de disuadir a los ladrones de tumbas de perturbar el reposo de los muertos.

–¿Cómo puedes estar seguro? –dijo ella–. Todos hablan de la maldición de Tutankamón y de las personas que murieron después de abrir su tumba, de lord Carnarvon, de Howard Carter y de todos los que, de alguna forma, tuvieron relación con ellos... Dicen que fueron más de veinticinco las víctimas de la maldición, incluyendo al perro de Carnarvon. ¡Hasta el más tonto lo sabe en el Valle de los Muertos!

–Fue pura coincidencia –replicó Yalil con serenidad al ver que Yasmine se había puesto demasiado nerviosa–. Sus muertes –dijo– no tienen que ver con ninguna maldición, Yasmine. La superchería se ha encargado de grabar a sangre y fuego hechos cuya falsedad la ciencia actual puede demostrar. ¡Hazme caso! Nada de eso es cierto.

Yasmine le mantuvo la mirada y luego calló.

–De acuerdo –convino–; no existe ninguna maldición, si así quieres que sea. Pero mi padre afirma que...

–Tu padre, Yasmine, y perdona que te interrumpa, pasa demasiado tiempo en el desierto. Debería darse un tiempo de descanso.

–Si me estáis tratando de decir que está loco de remate, ¡yo os digo que no es así! –se irritó, alzando la voz.

–No he dicho que lo esté –puntualizó él–; sólo digo que pasa demasiado tiempo en el desierto. Puedes llevarte el amuleto. No correrás ningún peligro, si eso es lo que realmente te preocupa.

De pronto sonó el teléfono.

Yalil descolgó el auricular y contestó:

–¡Dígame!

–¿Hablo con el profesor Yalil al-Bayal?

–¿Profesor Holl?

–Sí, soy el profesor Holl. ¿Es usted, profesor Al-Bayal?

–Sí, soy yo.

–Escúcheme atentamente –le pidió –. Ya tengo el resultado de los análisis.

–¿De verdad? –repuso Yalil con júbilo–. ¡Qué rapidez!

–¿Quién es? –preguntó Kinani curioso.

Yalil le hizo señas de permanecer callado.

–¿Ha averiguado algo nuevo, profesor?

Yalil oyó cómo Holl tomaba una profunda bocanada de aire antes de responder.

–No sé cómo decirle lo que he descubierto –contestó entonces con voz grave–, pero trataré de ser lo más claro y breve posible. Ante todo, tengo que confirmarle que los análisis de la arena no eran erróneos, como usted creía. La presencia del mineral que reveló se confirma, como también los elevadísimos porcentajes en los que aparece.

–¿Entonces? ¿Eso qué demuestra? ¿Se trata de un meteorito?

–¡Un meteorito! ¿Dónde? –interrumpió de nuevo Kinani con los ojos achispados. Yalil le echó una furibunda mirada que lo hizo enmudecer.

–Sí y no –respondió Holl al otro lado de la línea–. Parece que se han encontrado restos de ese mismo mineral en algunos meteoritos recientemente descubiertos en la Antártida, pero aún es pronto para concluir nada. Por desgracia nos han prohibido publicar los resultados, a la espera de que un alto organismo de la seguridad nacional nos lo autorice, y no parece que por el momento tenga intención de hacerlo. Incluso se han llevado las muestras de nuestros laboratorios para que no trabajemos con ellas. ¡Así están las cosas! –exclamó con preocupación–. De lo que no hay duda es de que el material que usted me ha facilitado, profesor Al-Bayal, procede del espacio..., aunque no se precipite a sacar conclusiones, que ahora viene lo mejor... –se apresuró a decirle–. Lo que... Lo que he...

La voz se interrumpió.

–¿Profesor...? ¿Profesor Holl? ¡No le oigo!

–¿Qué ocurre? ¿A qué viene esa cara? –preguntó Kinani.

–¡Calla, Kinani! –le reprendió nervioso Yalil–. ¡Profesor Holl! –asustado, se levantó de su silla. El corazón le latía con fuerza y los músculos de su rostro se habían contraído.

–Perdóneme la interrupción –Holl retomó la conversación, lo que tranquilizó de inmediato a Yalil, que se dejó caer de nuevo sobre la silla–. He oído un ruido y creía estar a solas. Aquí, en Washington, son las siete y media de la mañana y todavía no ha llegado nadie a trabajar, porque la jornada de trabajo empieza dentro de media hora. Quería decirle que lo más interesante de todo es el examen de las vendas. ¿Sabe de dónde han salido exactamente?

–Desgraciadamente, la persona que debía darme esa información ha desaparecido.

–¿Cómo que ha desaparecido? –preguntó muy sorprendido.

–Para ser más exactos: creo que la han raptado –le confesó abiertamente.

–¿Con quién estás hablando? –insistió Kinani en ese momento.

–¡Oh, señor! Esto se complica por momentos –exclamó Holl alarmado al otro lado de la línea–. Profesor, es muy importante que averigüe eso. En las vendas hay rastros de un ADN que no es humano.

–Lo sé –repuso él con tranquilidad–. Es posible que se trate de la momia de un enorme cocodrilo –le aclaró, recordando lo que Bakrí le había contado–. Mi informador, llamémoslo así, me aseguró que había encontrado catorce momias y me dijo que una de ellas podría ser de un cocodrilo de grandes dimensiones. No tendría nada de extraño que así fuera, puesto que, como usted ya sabe...

–Mi querido Yalil –le interrumpió Holl con la voz entrecortada–, el ADN que he descubierto en esas vendas no es humano, pero le aseguro que tampoco pertenece a ningún animal ni vegetal de este planeta. Y eso no es todo –hizo una pausa y prosiguió–: hay restos de bacterias muy primitivas, bacterias que coincidirían con las encontradas en uno de los meteoritos de la Antártida de los que antes le he hablado.

Al instante, la mirada de Yalil pareció congelarse.

–¡Eso es imposible! –repuso tajante–. Tiene que haber un error.

–No, no lo hay, mi querido amigo. Ese ADN pertenece a un... ¡Eh, oiga! ¿Quién les ha dejado pasar? Pero, ¿qué quieren? ¡Suelte esa arma! ¡Le digo que la suelte o llamaré al servicio de seguridad! ¡No se atreverá a...! ¡Noooo...! ¡Noooo...!

Al oír dos disparos secos al otro lado de la línea, Yalil se levantó de nuevo de su silla.

Su corazón volvió a latir a toda velocidad. Luego, alguien cogió el teléfono y habló, dirigiéndose a Yalil como si ya le conociera:

—Mis colegas se lo advirtieron hace unos días, pero no les ha hecho caso —sentenció un hombre con voz dura y fría—. Si no abandonan las investigaciones de las catorce momias, el próximo en morir será usted, profesor Al-Bayal, y luego le seguirán todos sus amigos.

A Yalil la sangre se le heló en las venas, como uno de esos meteoritos hallados entre los hielos, y se puso más pálido que una sábana. De repente, su teléfono comenzó a comunicar; habían interrumpido bruscamente la comunicación. Por la cara que tenía y la mirada desorbitada, daba la sensación de que estaba a punto de perder el conocimiento.

—Tal vez tengas razón, Yasmine —dijo poco después, desplomándose de golpe en la silla—. Es posible que yo también empiece a creer en las maldiciones. En menos de veinticuatro horas ya tenemos un desaparecido y ahora... ¡Un muerto!, y ambos están relacionados con el hallazgo de esas momias. ¡Que Alá nos asista!

—¿Un muerto? ¿Te refieres a la persona con la que estabas hablando, a ese profesor Holl? —preguntó Kinani muy alarmado—. Pero, ¿por qué lo han matado?

—Por la misma razón por la que nos matarán a los demás —opinó entonces Yasmine—: porque la maldición de esas momias nos toca de lleno.

–Porque sabemos demasiado –corrigió Yalil, mirándola fijamente–, aunque no sepamos casi nada..., o lo justo para que sea demasiado. Tenemos que marcharnos lo antes posible de El Cairo –dijo, tras reflexionar unos segundos.

–¿Cómo dices? –replicó Yasmine de pronto, sensiblemente ofendida–. ¿Es que no te importa lo que pueda ocurrirle a mi padre?

–Lo primero que hemos de hacer es salvar nuestras vidas –le aclaró Yalil mientras empezaba a meter dentro de una caja el espejo de cobre, varios libros y algunos enseres más–. Más vale que mis suposiciones sean ciertas. Estoy convencido de que tu padre está camino del valle del Hammammat en compañía de los dos hombres que lo han raptado..., y allí nos dirigiremos. Le contaremos lo ocurrido a Hassan y abandonaremos la ciudad antes de que nos maten a todos.

–Pero, entonces, ¿cuál es el verdadero motivo por el que nos quieren matar? –quiso saber Kinani–. ¿Tiene o no tiene que ver con ese meteorito del que hablabas con el profesor Holl?

–Sí...; no... Más o menos; quiero decir..., aunque no se trate exactamente de un meteorito... –balbuceó, lleno de dudas él también. Una vez que acabó de recoger todo aquello que juzgaba indispensable, dijo–: Venid conmigo; os lo explicaré con calma en la tienda de antigüedades. Aquí ya no estamos seguros.

8
LA HUIDA

Se habían dado cita a las seis de la tarde en el aeropuerto de El Cairo, concretamente en una zona poco frecuentada por los turistas: el aeródromo. Yalil lo había arreglado todo para alquilar una pequeña avioneta a una compañía privada de vuelos llamada *Air al-Sahara*. Había volado con ella con anterioridad y ya la conocía. Lo único que le disgustó fue que le hicieran esperar casi veinticuatro horas, ya que no había ningún bimotor disponible con la celeridad que él deseaba.

–¿Habéis traído todo lo que os he encargado? –preguntó Yalil a Kinani y a Tamín.

–Las dos tiendas de campaña son esas de ahí –contestó Tamín, señalando dos gruesos bultos del tamaño de medio hombre cada uno.

–Aquí están las linternas, una montaña de pilas de repuesto, los cascos de espeleólogo que me pediste que fuera a buscar a los almacenes del museo... –fue enumerando Kinani–. También he traído provisiones; nueces, frutos secos y cosas por el estilo. No faltan las mantas ni las cantimploras.

–Espero que no nos fallen los *walkie-talkie*. Podrían resultar muy útiles si tuviéramos que internarnos de nuevo en las montañas –dijo Tamín.

–Sigo creyendo que lo más prudente sería que Yasmine se quedase aquí conmigo –insistió Hassan, reiterándole a Yalil su preocupación por la muchacha. Huir de aquel modo le parecía demasiado arriesgado y peligroso–. Se te ha metido entre ceja y ceja que la encontrarán a ella antes que a ninguno de nosotros, y creo que estás equivocado... Si hubieran querido hacerlo, la hubieran raptado junto a su padre. Además, todavía no hemos concretado dónde iremos exactamente. Tendríamos que habernos concedido algunos días más para pensar con calma la vuelta al valle del Hammammat, pues tan seguro estás de que Bakrí se encuentra allí.

–Hassan –le interrumpió Yalil muy serio–, te aseguro que, si no estuviera convencido de que todos, sin excepción, corremos peligro, no te hubiera pedido que nos acompañases. ¡Aquellos hombres no bromeaban cuando me amenazaron, primero con la carta y luego por teléfono! ¡Son gente sin escrúpulos! No quieren dejar testigos de este hallazgo y me temo que ya es demasiado tarde para evitarlo. Por lo que respecta a nuestro destino, te repito que estoy seguro de que Bakrí encontró allí las momias. Ya sé que no tengo más elementos de juicio que mi propia intuición, pero creo que el espejo de cobre es prueba más que suficiente.

–Sí, eso es cierto –convino Hassan–. Es posible que la tumba en la que reposan esas catorce momias no esté muy lejos de la ciudad de Hanefer, pero no deja de tratarse de suposiciones nuestras.

–Yo, lo único que sé es que esas momias son las causantes del rapto de mi padre –intervino Yasmine enérgica– y que, por mí, esos tipos se pueden quedar con ellas. ¡Como si se trata de plantas carnívoras procedentes de Marte y se quieren hacer una ensalada con pepinos crudos!

–¡Ojalá el asunto fuera así de sencillo! –exclamó Yalil.

–Sobre todo –añadió Kinani–, si, en lugar de los pepinos frescos, prefieren como ingredientes un egiptólogo, unos cuantos jóvenes y un nubio octogenario.

Desde el gran ventanal de la sala de espera, Yalil reconoció la pequeña avioneta parada en medio de la pista.

–Creo que podríamos dirigirnos ya hacia nuestro aeroplano –dijo al ver el bimotor a las afueras de un pequeño hangar–. El museo lo ha alquilado en varias ocasiones para hacer prospecciones arqueológicas aéreas no muy lejos de aquí.

–¿Te refieres a ese de allí, a la avioneta de color amarillo oxidado? ¡Pero si es más vieja que mi difunta abuela! ¡Eso vuela menos que una gallina clueca! –se quejó Kinani, viendo aquel amasijo de chatarra situado a menos de cien metros de la sala de espera–. No llegaremos ni al oasis de El Fayum sin estrellarnos antes contra alguna pirámide.

Con tono irónico, Hassan añadió:

–Espero que, al menos, haya paracaídas para todos.

—¡Lo siento, pero no he conseguido nada mejor! —se excusó Yalil.

—Me lo imagino —intervino Tamín con aire desilusionado—. ¿Y el piloto? ¿No será una de esas momias que tenéis medio muertas de asco en los almacenes del museo?

—Ahora que lo dices, me preocupa que no haya llegado todavía.

—¿Quién? ¿La momia?

—No te hagas el gracioso. Me refería al piloto —Yalil consultó de nuevo su reloj—. Lo cierto es que tendría que estar aquí desde hace ya más de veinte minutos. No sé por qué se retrasa tanto. Suele ser una persona bastante puntual.

De repente, Yalil se puso muy pálido al mirar hacia dos hombres que en ese instante entraban en la sala de espera, en la cual, por otra parte, no había más viajeros que ellos cinco.

—¡Todos al avión! ¡Al avión! —gritó de pronto a los demás muy nervioso—. ¡Nos han encontrado! ¡Los agentes de la CIA vienen a por nosotros!

Hassan se giró hacia los dos hombres y vio que uno de ellos se metía la mano en el pecho, sacaba un arma y los apuntaba con decisión, mientras el otro lo encubría con su cuerpo.

—¡Por Alá, que tienen agallas esos dos! —exclamó Hassan—. ¡Pretenden deshacerse de nosotros aquí mismo!

Para entonces, todos corrían como locos hacia la destartalada avioneta. La puerta estaba abierta y ya habían preparado una escalerilla ante ella. Uno tras otro, subieron arrastrando sus mochilas y sus bultos como pudieron.

—¿Y el piloto? ¿Dónde está el piloto? —apremió Tamín con el corazón en un puño, al comprobar que dentro de la cabina de control no había nadie.

—Yo soy el piloto —anunció Yalil, acomodándose sin más en el asiento izquierdo de la cabina y dejando a todos con la boca abierta. Puso los motores en marcha apretando varios interruptores y las hélices de las dos alas comenzaron a girar haciendo un ruido infernal.

—¿Tú, el piloto? ¿Pero qué tonterías estás diciendo? —replicó Hassan perplejo.

—O despegamos o nos matan aquí mismo —sentenció él muy serio—. No podemos seguir esperando a que llegue Sahib, el piloto de la *Air al-Sahara*. ¡Cerrad la puerta antes de que suban también los de la CIA!

—¡Pero si tú no sabes manejar este trasto! —protestó Kinani, dando una patada a la escalerilla móvil que, de ese modo, se alejó de la puerta un par de metros.

—He visto cientos de veces cómo se hace... No es demasiado complicado.

—¿Que no es demasiado complicado, dices? ¡Nos matarás a todos antes de que lo hagan esos tipos! —bufó Yasmine alucinada, mientras veía cómo Yalil no paraba de pulsar botones y se encendían docenas de luces de un lado a otro del panel de control.

—¡Que Alá nos proteja! —Hassan elevó la vista al cielo, esperando que la providencia divina hiciera su parte en aquel crítico momento.

Yalil se puso los cascos, encendió la radio y comenzó a hablar por un pequeño auricular:

–Torre de control... Torre de control... Aquí K-244. Pido permiso para despegar. Cambio.

–Torre de control a K-244. Permiso concedido. Diríjase a la pista número 3 –se oyó decir por un pequeño altavoz.

–¿Lo veis? ¡Es sencillísimo! Es como conducir un coche, sólo que con alas.

–¡Deja los comentarios para otro momento y date prisa! –le apremió Kinani sin dejar de mirar angustiado por una de las ventanillas de la avioneta–. El otro hombre ha sacado también su arma. Tienes que hacer despegar este trasto como sea o, de lo contrario, comenzarán a dispararnos.

–¡Ay de nosotros si alcanzan el depósito del combustible! Saltaremos por los aires y nos convertirán en un montón de salchichas a la brasa –pronóstico Tamín con tono sombrío.

Yalil presionó el volante hacia delante como recordaba haber visto hacer en otras ocasiones, pero olvidó hacerlo «ligeramente».

Tras una fuerte sacudida, la avioneta comenzó a ganar velocidad. El brusco movimiento hizo que todos permanecieran pegados a sus asientos, como si formasen parte de la tapicería.

–Torre de control a K-244. ¿Pero qué está haciendo? Reduzca inmediatamente la velocidad hasta que no esté situado en la cabecera de la pista de despegue. Cambio –se oyó por el altavoz.

–Aquí K-244 a torre de control –respondió Yalil–. Llevamos un herido gravísimo hacia el hospital de Luxor. Solicito prioridad de despegue. Repito: solicito prioridad de despegue inmediato. Cambio.

–Prioridad concedida, K-244, pero debería haber avisado antes de iniciar las maniobras de despegue. Hemos estado a punto de anular la orden creyendo que se trataba de un principiante sin licencia de vuelo ni instructor a bordo. Cambio –le respondieron.

–Lo siento, torre de control –se disculpó Yalil–. Ni yo mismo he sido advertido de la urgencia hasta que no han transportado al enfermo a bordo. Cambio y cierro.

–¡Acelera, acelera, aceleraaaaaaaaa....! –le gritaba Kinani que, pegado a su asiento, no dejaba de mirar por la ventanilla viendo cómo los dos agentes corrían por la pista con sus pistolas en las manos. Se oyó un par de disparos y Kinani gritó de nuevo–: ¡Despega de una vez o saltaremos por los aires!

Yalil tomó la pista número 3 a todo gas y la avioneta patinó violentamente hacia la derecha, emitiendo un crujido terrible. Todos gritaron al tiempo que algunas cajas salían rodando por el pasillo y también las mochilas, que no habían tenido tiempo de colocar.

Situada ya la avioneta en la cabecera de la pista, Yalil aceleró y el aparato comenzó a ganar velocidad. A su espalda vio que los dos hombres corrían desesperadamente intentando alcanzarla.

–Creo que estoy a punto de vomitar –anunció Yasmine muy pálida, mientras la avioneta se agitaba frenéticamente por la pista con los motores a toda potencia–. Es la primera vez que subo a un avión y, para colmo, lo pilota un egiptólogo sin ninguna experiencia de vuelo que trata de escapar de dos tipos que están a punto de hacernos picadillo. ¡Decidme si no es como para vomitar!

—Pues que sepas que no eres la única —le comentó Kinani, que se aferraba a los brazos de su asiento como si el desastre fuera inminente.

—Me temo que el comentario vale para todos —les consoló Hassan—; así que más vale que mantengamos la calma. Yalil nos sacará del apuro.

—Si tú lo dices... —dudó Tamín, alzando las cejas con escepticismo.

Yalil tiró de los mandos hacia atrás cuando la avioneta viajaba ya al máximo de su potencia y apenas quedaban cincuenta metros para que finalizase la pista. De pronto, las ruedas se despegaron del asfalto y el morro se elevó por encima de unos hangares abandonados del aeródromo.

Segundos más tarde, a sus pies la pista se hacía cada vez más pequeña, al igual que los dos perseguidores, que se habían convertido en un par de insignificantes e inofensivos puntos negros pintados sobre ella.

Sólo entonces se oyó un suspiro de alivio generalizado, mientras la avioneta no dejaba de ganar altura.

El viaje hacia el valle del Hammammat había comenzado.

Respirando afanosamente, los dos hombres se detuvieron y enfundaron sus armas en las cartucheras pectorales.

Uno de ellos sacó un teléfono móvil del bolsillo interior de su chaquetón y marcó a gran velocidad ocho números seguidos. Mientras esperaba una respuesta a su llamada, veía cómo la avioneta se alejaba cada vez más, perdiéndose en el cielo limpio y azul de la mañana, en dirección sur.

–Soy yo –dijo de pronto jadeando–. No; hay cambio de planes –dijo–. Se nos han escapado... Sí, has oído bien. ¡Lo siento! ¡Ya te he dicho que lo siento! ¡No te pongas así! –gritó irritado–. ¡Pues claro que nos deshicimos del piloto! Le dijimos que el vuelo había sido anulado... ¡Y cómo narices podíamos imaginar que alguno de ellos sabría pilotar la avioneta! Sí, creo que se dirigen hacia allí, pero ahora no podremos espiar sus conversaciones..., y ninguno de ellos tiene un teléfono que podamos interceptar. ¿Qué hacemos? –preguntó a continuación–. Está bien... Sí..., sí, sí. Entonces, ahora son vuestros... Dejamos todo en vuestras manos... Entendido... Ya nos veremos. Suerte –presionó un botón y cortó la comunicación–. No hay problema –refirió a su compañero, que aún jadeaba tras la carrera desenfrenada por la pista–. Hasta nueva orden, nuestra misión ha terminado.

–Menos mal –repuso aliviado–. No me hubiera gustado tener que salir detrás de ellos hacia ese maldito valle. ¡Odio la arena con toda mi alma!

–Yo también. Vamos, volvamos a la base; allí esperaremos nuevas instrucciones.

9
DE PARTE DE LA PRINCESA NEFERURE

Pasados diez minutos de vuelo, Hassan se desabrochó el cinturón, se levantó y se dirigió a la carlinga. Yalil parecía relajado y pilotaba el aparato con serenidad. Hassan tomó asiento en el puesto vacío del copiloto y, dándole a Yalil una palmada sobre el hombro, le dijo:

–Nos has sacado de un gran apuro, muchacho –Yalil sonrió, complacido por el cumplido–. Espero que sepas manejar este viejo trasto y que lleguemos sanos y salvos al aeropuerto de Luxor –Yalil hizo una mueca de aprobación–. Lo que todavía no me has dicho es cómo tienes pensado volver a la ciudad de Hanefer.

–Si te soy sincero –dijo–, no tengo la más mínima idea. No he tenido tiempo de pensar, ya que las cosas se han precipitado tanto. Que Bakrí y los de la CIA van de camino hacia Hanefer, lo doy por descontado, ya te lo he dicho, pero la pregunta clave ahora es: ¿dónde ha encontrado las catorce momias? Esta vez no nos quedará más remedio que improvisar una ruta –hizo una pausa y luego prosiguió–. Tenemos cuatrocientos cincuenta kilómetros de viaje por delante hasta llegar al aeropuerto de Luxor –explicó al tiempo que echaba un vistazo por la ventana izquierda de la cabina–. Remontaremos el curso del Nilo hasta divisar los templos de Luxor y Karnak a nuestra derecha. Si no recuerdo mal, las pistas de aterrizaje no se encuentran muy lejos de allí.

–¿Y sabrás hacerlo? –le preguntó.

–¿El qué?

–¡Pues eso! Pilotar durante cuatrocientos cincuenta kilómetros hasta llegar.

–¡Es pan comido! Bastará con mantener el rumbo y la altitud –dijo–. La visibilidad es perfecta y estoy en contacto permanente por radio. El único problema es... –añadió de pronto, mirándole fijamente a los ojos.

–¿Que no tenemos suficiente carburante para llegar? –aventuró Hassan temeroso.

–Que, con franqueza, no sé si sabré aterrizar –murmuró entre dientes.

–¡Vaya, qué gran consuelo! –protestó Hassan sin perder la calma–. Empiezo a pensar seriamente que nos persigue una maldición. En fin. Es inútil preocuparse, aunque será mejor que no se lo digamos a los chicos –dijo luego bajando la voz–; finalmente se han tranquilizado después del azaroso despegue del aeródromo de El Cairo y no creo que debamos asustarlos más.

Hassan echó la vista hacia atrás y vio que Tamín, Kinani y Yasmine contemplaban el paisaje a través de las ventanillas. Los tres parecían fascinados. Estaban llegando a la región de El Fayum y un bosque de palmeras se extendía en todas direcciones pintando de verde el paisaje a lo largo de decenas de kilómetros.

El agua que corría a través de los canales de irrigación se reflejaba como un espejo desde el aire y componía trazados recortados sobre los verdes regadíos, al igual que si se tratase de las piezas de un enorme puzle. Se veían muchos campesinos trabajando en los campos y también camellos y burros que ayudaban transportando forraje y hortalizas o haciendo girar las pequeñas norias de agua.

En poco tiempo las palmeras dejaban paso a las tórridas arenas del desierto. El Nilo parecía surcarlas pintando una sinuosa cinta azul bordeada de pinceladas verdosas de vegetación que se extendía hacia el infinito, adentrándose hacia el corazón de Egipto, hacia el sur. Vieron también el viejo tren que remontaba el borde del río en dirección a El Cairo.

Pasados tres cuartos de hora de vuelo, Yalil anunció:

–Estamos llegando a Amarna. Si miráis a vuestra izquierda, podréis ver la ciudad fundada por el faraón Akhenaton en el año 1362 antes de Jesucristo. Hace tiempo participé en sus excavaciones. ¡Allí está! –exclamó, indicando una vasta zona de restos arqueológicos que se levantaban en medio del desierto.

–¡Ya la veo! –gritó Kinani eufórico, que fue el primero en reconocerla.

–¡Bah! –exclamó Yasmine un tanto decepcionada–. Solamente son un montón de viejas ruinas y nada más. Prefiero fabricar *ushebtis* para los turistas. Al menos, puedo comer

93

vendiéndolos. Y hablando de comer, no sé vosotros, pero yo tengo un hambre que devoraría un buey.

–Hay frutos secos en una de las mochilas, y también varias botellas de agua –recordó Tamín.

–En la mía encontraréis bocadillos de pimientos con carne –gritó Hassan desde la cabina.

–Se me está haciendo la boca agua –dijo Yasmine con los ojos achispados–. ¿Vienes conmigo, Kinani?

–¡Por supuesto!

Los dos jóvenes se levantaron y caminaron hacia el fondo de la avioneta, donde habían quedado sus equipajes, un tanto revueltos después del violento despegue.

–¡Qué desastre! –se lamentó Kinani–. Me parece que estos deben de ser los bocadillos –dijo al recoger una bolsa de plástico transparente en la que se veían varios bultos empaquetados–. ¡Oh, sí! ¡Huelen estupendamente!

Para encontrar la mochila de Tamín, Yasmine tuvo que apartar las pesadas tiendas de campaña que se apilaban unas sobre otras, y también algunas cajas. Una de ellas se había abierto al caer desde el portaequipajes superior cuando la avioneta cruzó la pista poco antes del despegue. Al moverla, el espejo de cobre se resbaló entre las solapas entreabiertas, junto a varios libros de egiptología que Yalil había metido dentro, amén de un montón de cosas más.

–¡Habéis traído el espejo de cobre! –se sorprendió ella, recogiéndolo del suelo. Luego hurgó en la mochila de Tamín, que estaba aplastada detrás de una tienda de campaña, y sacó un paquete de higos secos, otro de albaricoques y un par de botellas de agua algo abolladas.

–Yalil es muy meticuloso para estas cosas –repuso Kinani echándole una mano–. Sabiendo que tiene relación con el descubrimiento que ha hecho tu padre, no lo habría dejado en el museo. Nos podría ser muy útil. De hecho, ya lo fue en una ocasión, hace algunos años, si es, como creemos, el mismo espejo, quiero decir, el espejo que perteneció a una princesa egipcia llamada Neferure –en ese instante Kinani se echó la mano al cuello y acarició el pedazo de oro que extrajo de las minas de Hanefer seis años atrás y que desde entonces llevaba como recuerdo[2].

–Mi padre siempre me dijo que todas aquellas piezas que os vendió hace años están llenas de maldiciones y que son capaces de hacer enloquecer a cualquiera.

–Tal vez tenga razón, pero dime –dijo Kinani, mirándola fijamente a los ojos–: ¿tú crees que alguno de nosotros está loco?

Yasmine guardó silencio un instante. Luego dijo:

–Creo que todos estamos un poco majaretas para haber hecho lo que hemos hecho. Nos hemos metido en un lío tremendo del cual no sé cómo saldremos. La CIA nos persigue porque cree que sabemos demasiado de un descubrimiento del que no entendemos nada. Han raptado a mi padre y pretenden acabar con nosotros por lo que no sabemos, pero pudiéramos llegar a saber, o por lo que creen que ya sabemos, si es que sabemos todo lo que hay que saber. ¿Y dices que este espejo, el amuleto y las vendas no están llenos de maldiciones?

---

[2] Se trata de un pedazo de oro que Kinani extrajo directamente de una beta en el interior de una de las galerías auríferas de Hanefer. Con él se confeccionó un colgante que desde entonces llevaba colgado al cuello.

—Empiezo a pensar que tienes razón —se sinceró Kinani de este modo—. Hace seis años nos pasó algo parecido, pero entonces los de la CIA no se entrometieron.

—Posiblemente, porque aún no había nada que les pudiera interesar —agregó Hassan que, desde la cabina, seguía la conversación entre los dos jóvenes.

—Y porque entonces supimos mantener la boca cerrada —añadió Tamín con cierto sarcasmo, sentado justo delante de Yasmine y a espaldas de la cabina del piloto.

—También la hemos mantenido en este caso —dijo Yalil—, pero a esos individuos no se les ha escapado nada de cuanto ha sucedido desde que Yasmine puso los pies en mi despacho hace una semana.

Kinani comenzó a repartir los bocadillos, ofreciendo a Hassan el primero que sacó de la bolsa. Cuando terminó, volvió con el suyo en la mano a su asiento, situado al lado del de Yasmine, y se dispuso a comérselo. Observó cómo Yasmine devoraba su bocadillo en menos de siete minutos. Como bien había dicho, tenía un hambre de lobo.

Después de beber un poco de agua, Yasmine tomó el espejo que había depositado sobre la mesita desplegada del respaldo del asiento delantero y comenzó a observarlo con cierto escrúpulo. Fue entonces cuando se preguntó qué maldición podría esconder aquel disco ovalado de cobre, apoyado sobre los brazos abiertos de una bella mujer, cuyo delgado cuerpo servía de mango.

—¿Qué dijo mi padre acerca de este espejo? —preguntó intrigada, mirando su rostro reflejado sobre la cobriza superficie pulida.

—Dijo que había muchos iguales —respondió Kinani—, pero que lo importante era no moverlos de su sitio.

—¿Y qué quiso decir con eso? —volvió a preguntar.

—¡A saber! Tu padre no nos lo aclaró —repuso Kinani mientras se limpiaba la boca de migas y restos de carne. Bebió agua y agregó—: Teníamos la esperanza de que lo hiciera el día que fuimos a buscarlo a la pensión, el día de su secuestro —luego dio un buen mordisco al bocadillo.

Yasmine guardó silencio sin dejar de observar el óvalo redondo de su cara, rematado por los tupidos rizos oscuros que le caían a ambos lados de las sienes.

Una leve inclinación de la avioneta hacia la derecha provocó un momentáneo destello de luz sobre el espejo. Durante unos segundos, Yasmine no vio más que lucecitas y puntos amarillos paseándose alegremente por sus pupilas. Cuando recuperó la visión, se frotó los ojos con fruición y quiso continuar mirándose, pero algo extraño había sucedido: parecía que sus largos mechones se recogían detrás de una diadema esmaltada que le ceñía la frente, y su nariz se mostró rechoncha, no fina y alargada como de hecho era. Vio sus ojos igual de oscuros y profundos, almendrados y de largas pestañas rizadas, pero ahora estaban maquillados con gruesos trazos negros.

Por unos segundos, dudó de que se tratase de su propio rostro; le pareció absurdo pensar que pudiera ser el de otra persona... ¡Era ella, Yasmine, quien en ese momento se estaba mirando en el disco irregular de cobre, y no había ninguna otra muchacha en el avión!

Un instante después, aparecieron los rostros de otras personas.

Se trataba de un grupo de niños muy sucios y medio desnudos, y también de jóvenes mujeres vestidas con ligeras túnicas de lino blanco y adornos en el cuello y en la cabeza, idénticos a las reproducciones egipcias que se vendían en los puestos de recuerdos para turistas. ¡Eso era demasiado! A partir de ese momento, Yasmine no apartó la vista de la superficie del espejo.

Aquellas personas que Yasmine estaba viendo corrían por un sendero estrecho, tortuoso y escarpado que discurría por la ladera de un desfiladero abrasado por el sol. Se ayudaban unas a otras para no caer o resbalarse.

Entonces, la mujer que portaba la diadema en la frente y cuyos ojos tanto se parecían a los suyos, habló a los demás con voz cálida:

–*Os llevaré a un lugar seguro, fuera de esta ciudad. El dios Ha ha saciado su ira y ahora dejará que nos marchemos. Estad tranquilos. Todo ha terminado... Finalmente, todo ha terminado.*

Era casi mediodía. Las sombras de sus delgados cuerpos se agazapaban justo a sus pies y un calor sofocante reinaba en el desfiladero, cuando de pronto una enorme bola luminosa pareció desprenderse del sol. Cruzaba el cielo como una flecha ardiendo, aproximándose cada vez más a las resecas montañas. Fue en ese momento cuando uno de los niños gritó:

–*El dios Ra está llegando. ¡Mirad, mirad cómo viaja en su carro de fuego!*

Al instante, la princesa detuvo el descenso y todos se quedaron contemplando el extraordinario suceso.

–*Ése no es nuestro amado Ra* –repuso ella temerosa.

–*¿Pues quién es entonces?* –preguntó una de sus doncellas.

La bola de fuego se dirigía a toda velocidad hacia las crestas apuntadas de una de las montañas.

–*Es el señor de las estrellas* –contestó la princesa, sin dejar de seguir la trayectoria de aquella bola luminosa–, *gemelo de nuestro amado dios Ra, de quien hablan los sacerdotes del templo de Amón desde hace tiempo. Dicen que de él procede el increíble poder de los espejos. Hemos sido escogidos para ser testigos de su manifestación divina... ¡Arrodillémonos ante él!*

Nada más decir esto, un rayo de luz cegadora cruzó el cielo de una parte a otra del desfiladero y luego desapareció entre las montañas, al tiempo que todos se hincaban de rodillas en el sendero polvoriento adorando al dios recién llegado.

Más tarde se oyó un ruido atronador y muchas rocas se desprendieron precipitándose al vacío; hacia el norte se elevaba una espesa columna de humo.

A continuación, del espejo surgió un intenso resplandor anaranjado y las imágenes se volatilizaron en cuestión de segundos.

Yasmine, deslumbrada, soltó de golpe el espejo, dejándolo caer en medio del pasillo.

El resplandor fue tan intenso que incluso Hassan y Yalil, desde la carlinga, advirtieron que la luz cobriza lo cubría todo.

–¿Qué ha ocurrido? –preguntó Yalil alarmado, dando un volantazo que hizo oscilar violentamente la avioneta hacia la derecha.

–¡Mi padre tenía razón y ahora sé que no mentía! –comenzó Yasmine a gritar muy asustada–. Este objeto es muy peligroso... ¡Está lleno de misterios!

–Yo también he visto lo que ha sucedido –confirmó Kinani, que lo había presenciado todo.

Hassan se levantó y recogió el espejo del suelo. Su disco, frío y cobrizo, parecía ajeno a lo sucedido.

–¿Pero qué ha ocurrido? –volvió a preguntar Yalil.

–Ha sido el espejo –respondió Hassan con preocupación, pero sin perder la calma–. Tranquilízate, Yasmine –dijo, dirigiéndose a la muchacha con voz serena–; mucho me temo que este objeto desea hacernos partícipes de uno de sus misterios. Al fin y al cabo, ya sabemos que es así como funciona. No te muevas de tu sitio –le pidió entonces a Yalil–. No sé por qué, pero presiento que dentro de poco tendremos alguna que otra sorpresa.

–Pero..., pero..., ¿quiénes eran todas esas personas? –preguntó Yasmine con un nudo en la garganta, sin comprender nada de lo que acababa de ver– Los niños..., esa mujer con la diadema en la frente... ¿Qué quiso decir con que el dios Ra estaba llegando en un carro de fuego?

–¿Tú has entendido lo que han dicho? –se sorprendió Kinani.

–¡Pues claro! Por algo tengo ojos y oídos. ¿No acabas de decir que tú también lo has visto todo?

–Sí, Yasmine, pero estaban hablando en egipcio antiguo

–le aclaró Kinani bajo la silenciosa pero atenta mirada de Hassan y de su hermano–. ¿Sabes lo que eso significa? Es una lengua que no se habla desde hace miles de años...., como el arameo, como el persa, como el griego... Estaban hablando el idioma que se usaba en la época de los faraones.

–¡Venga ya! Yo no hablo más que árabe y he entendido perfectamente todo lo que han dicho. Y, además, ¿cómo sabes que era egipcio antiguo? –le increpó con dureza–. ¿No has dicho que tú también has oído lo que decían? Cuando estuvimos en el museo traduciendo los jeroglíficos del amuleto, no me pareció que entendieras mucho de lo que dijo Yalil.

–Yalil ha estudiado una lengua sin haberla oído hablar jamás... Yo, sí.

–¿Ah, sí? –replicó ella–. Pues, si eres tan listo, dime entonces, ¿qué ha dicho esa mujer a los niños?

–Esa mujer era la princesa Neferure –comenzó diciendo Kinani–. Les ha dicho que estén tranquilos, que todo ha terminado y que los pondrá a salvo, pues el dios Ha ha saciado su ira... No sé explicar lo que ha querido decir cuando ha hablado del gemelo de Ra. Lo que apareció en el espejo tenía aspecto de ser un meteorito cruzando el cielo antes de estrellarse contra las montañas de un desfiladero, o tal vez una especie de avión ardiendo fuera de control.

–¿Pero es que tengo cara de estúpida o qué? –se enfureció Yasmine–. No había aviones en la época de los faraones. ¡Narices, tú sí que tienes imaginación! ¿Por qué no me decís de una vez por todas qué clase de extraño juego es éste y nos dejamos de tonterías? Y luego vais diciendo por ahí que mi padre es el loco... ¡Vosotros sí que estáis locos de remate! ¡Los cuatro!

–Hassan –intervino entonces Tamín–, tal vez sería oportuno que le explicases a Yasmine algunas cositas, ya me entiendes..., como cuando tuvimos que hacerlo con Yalil la noche que descubrió el secreto del espejo.

–Se las explicaremos todos juntos –repuso él. Y, dirigiéndose a Yasmine, que miraba a los tres como si contemplase a un grupo de extraterrestres a punto de revelar la procedencia de su lejano planeta de origen, comenzaron a ponerla al corriente de los extraordinarios poderes del espejo[3].

Al finalizar, Kinani preguntó:

–Pero, Hassan, ¿cómo es posible que también Yasmine pueda entender el idioma egipcio? Se supone que ella está al margen de lo que ocurrió entonces.

–Buena pregunta, muchacho –contestó él con expresión contenida–, para la cual no tengo una respuesta adecuada, como para muchas otras que tienen relación con Hanefer, el dios Ha y, ahora, el descubrimiento de las momias. La única explicación que se me ocurre es pensar que, tal vez, el amuleto del *djed* que lleva colgado al cuello –añadió– le ha conferido la misma increíble capacidad que a ti para comprender el egipcio hablado.

---

[3] El espejo de cobre tenía la capacidad de mostrar en su disco secuencias, imágenes y hechos acaecidos en época faraónica, como si se tratase de una cámara de vídeo que en un determinado momento se pusiera en funcionamiento y mostrase una antigua grabación. Además, el espejo podía emitir una intensa luz cobriza, pero también rayos de fuego, lo que en ciertas ocasiones hacía de él un objeto muy peligroso.

–Pero yo no llevaba ningún amuleto cuando viajamos al valle del Hammammat hace seis años –rebatió Kinani.

–Ya te he dicho que no lo sé –le repitió encogiéndose de hombros– y creo que, por el momento, ninguno de nosotros tiene una respuesta a tu pregunta.

Después de lo ocurrido, a Yalil se le habían puesto los pelos de punta.

Un gemelo del dios Ra. Eso era exactamente lo que él había traducido en las vendas de la momia del cocodrilo que Bakrí le había traído, sin comprender a qué podía referirse.

Si el desdichado profesor Holl estaba en lo cierto y los análisis de la arena habían confirmado la presencia de un mineral ausente en la Tierra y de un ADN desconocido, una escena semejante como la que acababa de desvelar el espejo –es decir, la prueba irrefutable de una nave extraterrestre llegada a nuestro planeta hacía dos mil quinientos años–, podría confirmar el temor fundado de aquellos análisis... y, de paso, también por qué la CIA iba tras un descubrimiento de semejante calibre.

La clave del enigma de lo que pudo haberle sucedido a la princesa y a sus pequeños esclavos, estaba en esas catorce momias y en su misterioso lugar de enterramiento, que solamente Bakrí conocía.

Descubriéndolas, desvelarían uno de los acontecimientos más extraordinarios de la historia de la humanidad.

No obstante, era evidente que alguien deseaba a cualquier precio tener prioridad sobre esa revelación, y Yalil sabía que matarían a quien pudiera adelantársele o desvelar el mínimo detalle sobre ella.

10
EN MANOS DEL DIOS HA

No quedaba ya mucho para llegar a Luxor. Eran las seis de la tarde y el sol comenzaba su lento descenso hacia el Valle de los Muertos, hacia el oeste seco y dorado de las montañas del desierto saharaui.

Yasmine se había quedado sin palabras una vez que Hassan y los demás la hicieran partícipe del misterio del espejo y de lo que sabían acerca del dios Ha, de Hanefer y de aquella princesa egipcia, hija de la faraona Hatsepsut. Desde entonces no había querido acercarse al disco de cobre, que Kinani tenía apoyado sobre su mesita desplegable, y permanecía sumergida en sus pensamientos mientras daba vueltas al amuleto que le había regalado su padre.

Yalil había comenzado el descenso tras haber contactado con el aeródromo próximo a Luxor.

Lo primero que hizo fue poner al corriente a los controladores de vuelo de su absoluta inexperiencia como piloto, y a más de uno se le erizó la piel al saberlo. Habían avisado a los bomberos y a las ambulancias por lo que pudiera suceder en el momento del impacto del tren de aterrizaje contra el asfalto de la pista, pues con un inexperto que aterrizaba por primera vez con cuatro personas a bordo y sin instructor de vuelo, el final podía ser fatal.

Cuando la alargada sombra de la avioneta se proyectaba sobre el manto arenoso que bordeaba el Nilo, el cielo comenzó a oscurecerse.

A pocos kilómetros al norte de Luxor se estaba formando una espesa nube de arena dorada que remontaba el cielo a gran velocidad. La visibilidad era cada vez más reducida.

Alarmado, Yalil llamó de nuevo a la torre de control del aeródromo:

–Aquí K-244. Tengo dificultades para localizar la pista de aterrizaje. La tormenta de arena me impide ver cualquier punto de referencia. ¿Qué debo hacer? Cambio.

–Torre de control a K-244 –le respondieron–. No hay ninguna tormenta de arena, ni a varios kilómetros al norte de Luxor ni en cincuenta kilómetros a la redonda. El parte meteorológico indica cielo despejado y visibilidad absoluta. Continúe descendiendo de cuota según las instrucciones que ya le hemos dado. Repito: no existe ninguna tormenta en formación. Cambio.

–Insisto, torre de control –respondió Yalil muy sorprendido, pues apenas si veía nada del exterior–: nos encontramos en medio de una tormenta de arena. Las ráfagas de viento están desviando la avioneta en dirección sur-sureste –dijo, consultando la brújula–. ¡No veo nada! Nos estrellaremos si no recibimos instrucciones de inmediato. Cambio.

–To.... d.. c....tr....l. Camb.... Regis.... cuota 400 pi.... Ss-ss....., asc.... a cu....t...... pies. C.... ssss....

–Torre de control: la recepción es pésima. Repita las instrucciones, por favor. Cambio –dijo Yalil.

–Sssssssss...... sssssssssssss... tor.... c....t.... sssss. Per...ss-sssssssssssss.

–¡Torre de control! ¡Torre de control! –gritó Yalil desesperado–. ¡Necesito instrucciones urgentemente! Repito. ¡Necesito ayuda! *¡May day, may day!*

–Es inútil insistir. Hemos perdido la conexión –concluyó Hassan, con un gesto de evidente preocupación.

La avioneta parecía una cometa en manos de un viento enfurecido, dando bandazos de un lado a otro en mitad de un cielo espeso teñido de ocre. Se oía un zumbido intenso, el de los granos de arena golpeando contra el fuselaje del aparato.

–¡Abrochaos los cinturones! –gritó de pronto Yalil a todos–. Creo que tendremos un aterrizaje igual de emocionante que el despegue.

–De ésta sí que no salimos... –temió Yasmine, que estaba a punto de vomitar de un momento a otro su fabuloso bocadillo de carne con pimientos.

De cualquier forma, la orden sobraba, porque tanto Tamín como Kinani y Yasmine estaban atados a sus asientos desde que los vaivenes del avión habían comenzado a zarandearlos de un lado a otro.

–¡Oh, cielos! Te aseguro, Hassan, que no sé cómo va a terminar esta historia –se lamentó Yalil mientras trataba inútilmente de mantener la ruta que los controladores de vuelo de la torre de control le habían indicado.

–Dicen que lo que mal empieza, mal acaba, aunque espero que ésta sea la excepción que confirma la regla –le confesó Hassan–. Confío en que Alá nos proteja a todos.

Por las ventanas de la cabina del piloto no se veía otra cosa que la arena estrellándose violentamente contra el fuselaje, como miles de agujas clavándose en un único punto. De improviso, la avioneta salió proyectada, primero hacia la izquierda y luego hacia la derecha, dando un par de secos y violentos bandazos.

–¡Nos vamos a estrellar! –se oyó gritar.

Yalil no podía hacer nada; era incapaz de gobernar el bimotor y los mandos no respondían ni forzándolos.

La radio había dejado de funcionar y sobre el panel de control solamente se veían los destellos de docenas de puntos de luz roja dando la alarma.

A cada nueva sacudida que daba el avión todos gritaban, pero el pánico se apoderó de los cinco cuando el avión impactó contra algo que ninguno pudo reconocer entre la violenta tormenta. El ruido fue tremendo.

–¡Oh, no! Creo que hemos perdido el tren de aterrizaje –gritó furibundo Yalil mientras los demás contenían la respiración temiendo lo peor–. *¡May day, may day!* ¡Aquí K-244! Estamos a punto de estrellarnos en algún punto al sureste de la ciudad de Ptolemais, el último lugar de referencia que puedo ofrecer. ¿Pueden oírme, torre de control...? ¡Cambio! ¡Esta es una llamada de socorro a cualquier avión que pueda oírnos...! ¡Repito!: *May day, may day!* ¡Nos encontramos en una situación desesperada! ¡Cambio!...

El mismo siseo infinito silbó durante un buen rato como respuesta a su llamada de auxilio, y Yalil terminó dando un puñetazo sobre el panel de control que no le ayudó a sentirse mejor, pero tal vez sí a descargar su rabia.

De repente, la avioneta remontó algunos pies y todos volvieron a gritar, pero enseguida perdió altura, cayendo como una piedra desde la azotea de un edificio de diez plantas. Esta vez golpeó una de las alas, posiblemente la derecha, contra una duna o tal vez contra una roca, y la aeronave giró descontrolada hacia el lado contrario. Sintieron cómo la panza del maltrecho aparato se arrastraba por la arena, excavando un profundo surco. Bajo sus pies gruñía el fuselaje, arañado por el violentísimo roce. Durante un interminable minuto se deslizó en medio de un ruido infernal, pues parecía que el avión entero iba a desintegrarse de un momento a otro.

Finalmente, el morro se clavó contra una montaña de arena y la avioneta se detuvo tras un brutal y seco impacto.

Se hizo un prolongado silencio, interrumpido sólo por las ráfagas racheadas del viento, que descargaba toneladas de arena hacia el exterior de la aeronave.

11
EL DESPERTAR

Cuando Yalil abrió los ojos, lo primero que vio fue el rostro de Hassan, a unos cuantos centímetros de su cara. Le estaba limpiando la frente con un algodón con desinfectante que olía intensamente a alcohol, y le alumbraba con una linterna que daba luz a todo lo que le rodeaba.

Creía que la cabeza le estallaría del dolor de un momento a otro.

A sus espaldas oyó los lamentos de Yasmine y también reconoció los de Tamín, pero se encontraba demasiado aturdido como para concentrarse en nada ni en nadie.

–¡Vaya, por fin! –exclamó Hassan, al ver que finalmente reaccionaba–. Todos estamos bien, ¡dejando a un lado el susto y las múltiples magulladuras que tenemos por todo el cuerpo! –le dijo, incorporándolo levemente del suelo. Yalil yacía tumbado en el pasillo, entre los asientos de los pasajeros, con varias mantas por almohada–. Tú eres el único que ha perdido el conocimiento.

Yalil vio un poco de sangre en unas gasas que Hassan le apartaba de la frente en ese momento.

–Por si no te acuerdas –le dijo–, en el momento del impacto te golpeaste la cabeza contra el cristal de la cabina.

Yalil sacudió levemente la cabeza. Un segundo más tarde dijo:

–¡Claro que me acuerdo! –exclamó, llevándose una mano a la cabeza–. ¡Oh, qué dolor! Siento como si el cerebro me rebotase dentro del cráneo. ¿Cuánto tiempo llevo inconsciente? –preguntó a continuación.

–Al menos, un par de horas –Hassan roció con el desinfectante otras gasas limpias y las aplicó sobre el inmenso chichón sangrante. Yalil se encogió, haciendo una infinita mueca de dolor–. Hace un buen rato que anocheció y...

–¿Los chicos están bien? –quiso saber entonces.

–Ya te lo he dicho. Ninguno parece tener ningún hueso roto..., aunque seguro que nos saldrá algún moratón tarde o temprano.

Yalil dejó escapar un suspiro de alivio.

–A mí el corazón todavía me late en la garganta –protestó Yasmine, que se acercó para ayudar a Hassan a reorganizar el botiquín de primeros auxilios–. Si no hubiera sido por ese maldito espejo, ya habríamos aterrizado en el aeropuerto hace horas.

–Es posible –repuso Hassan, incorporándose con las gasas sucias en la mano–, como también es posible que quizás nos haya avisado del peligro.

–Esto ha sido obra del dios Ha –opinó muy serio Kinani, mientras oía la tormenta que rugía en el exterior, en medio de la más absoluta oscuridad.

–Yo también lo creo –murmuró entonces Yalil, sin dejar de presionar la herida sangrante y aguantando como podía el escozor que el alcohol le provocaba.

–¿Qué haremos ahora? –preguntó Tamín preocupado–. La radio no funciona y la arena estará cubriendo los restos de la avioneta. ¡En estas condiciones ningún servicio de rescate podrá encontrarla!

–Tendremos que pasar aquí la noche –opinó Hassan–. Hasta mañana nadie saldrá a buscarnos. Sinceramente, no creo que ningún vuelo de reconocimiento esté haciendo horas extras con esta tormenta. ¡Sería un suicidio! –entonces se dirigió hacia los equipajes, sorteando los bultos que encontraba a su paso por el pasillo, y dijo–: En alguna parte tenemos más víveres, agua y mantas. Yalil necesita descansar, de modo que mañana organizaremos nuestro propio rescate, liberaremos de arena el fuselaje de la avioneta y veremos de qué forma ponemos en funcionamiento esa maldita radio. Tal vez, cuando la tormenta amaine, sea posible recuperar la conexión.

–Yo tengo hambre –manifestó Yasmine de pronto al oír hablar de víveres. Enseguida le vino a la mente otro exquisito bocadillo de carne con pimientos.

–¡Narices! Tú siempre tienes hambre –exclamó Tamín perplejo.

–No es cierto –protestó ella–. Es que cuando tengo miedo me da hambre.

–Pues a mí me dan ganas de vomitar –gruñó Tamín con tono hosco–. ¡Mujeres! ¡Sois todas iguales!

–Yo también tengo hambre y no soy una mujer –dijo Kinani en defensa de Yasmine–. Y, además, no me parece justo que siempre tengas que descargar tus nervios o tu malhumor en el más pequeño.

–Y yo creo que éste no es el momento más adecuado para empezar una de vuestras peleas –interrumpió Hassan, que en ese instante encontró una de las bolsas de comida–. Después de lo que ha sucedido, es normal que todos tengamos los nervios a flor de piel, hambre, ganas de vomitar o el estómago cerrado, e incluso necesidad de ir al baño o de ponerse a gritar. Ten –le ofreció a Yasmine el primer bocadillo que encontró–; si la carne con pimientos te alivia el miedo, come tranquila, chiquilla. Se duerme mejor con el estómago lleno, de eso no hay duda, sea uno hombre o mujer.

Tamín se quedó sentado en su asiento desviando la vista hacia la ventana, a pesar de que no se veía nada de lo que ocurría al otro lado del cristal. No aceptó el bocadillo que le correspondía cuando Hassan se lo ofreció; pasó su turno sin decir palabra y Hassan se lo dio a Kinani.

A Yalil le dolía demasiado la cabeza como para masticar; lo único que aceptó fue un poco de agua con un par de aspirinas que Yasmine encontró en el botiquín de las medicinas.

Media hora más tarde, todos intentaban dormir sobre sus asientos levemente reclinados y cubiertos por espesas mantas para soportar el frío de la noche en mitad del desierto enfurecido.

El estómago de Tamín resonó varias veces en medio del silencio como una cañería hueca.

Hassan fue el último en acomodarse entre el fuselaje de la avioneta y el asiento delantero izquierdo. Los demás ya dormían. Se acurrucó en las dos mantas en las que se había envuelto y apagó su linterna.

La oscuridad se apoderó del lugar, pero no el silencio, pues era como si la furia del dios Ha siguiera sacudiendo la maltrecha avioneta en aquel pedazo de desierto solitario.

Serían las seis de la mañana cuando Kinani se despertó. El sol entraba por las ventanillas inundando el interior del avión, pero un mar de arena había dejado medio sepultada la avioneta.

La cabina del piloto permanecía ahogada bajo una duna y el ala que quedaba yacía ahora prácticamente enterrada.

—¡Despertaos, despertaos! —gritó sobresaltado, zarandeando primero a Tamín y luego a Yasmine, que dormía al otro lado del pasillo—. Estamos medio sepultados en mitad del desierto. ¡Mirad!

En cuestión de segundos todos se despertaron y comenzaron a darse cuenta de su delicada situación.

—¡Hay toneladas de arena ahí afuera! ¿Cómo narices escaparemos de aquí? —se preguntó Tamín.

—Creo que la parte izquierda de la avioneta está algo más despejada —observó Hassan, comprobando que la arena no sobrepasaba el borde inferior de las ventanillas.

–Siendo así –intervino Yalil–, podríamos intentar abrir la puerta.

–No serviría de nada –opinó Hassan después de haber barajado ya esa posibilidad. La arena debía de cubrir, al menos, un tercio de la puerta, lo suficiente como para impedir su apertura.

Yalil trató de incorporarse, pero un leve mareo le hizo perder momentáneamente el equilibrio. Se concedió unos segundos y luego se dirigió hacia la parte posterior del avión. Allí comenzó a revolver entre el amasijo de equipajes que se hacinaban por todos lados.

–¿Me puedes decir qué estás buscando? –le preguntó Hassan entonces.

–En algún lado tiene que haber una caja de herramientas –respondió él con voz trémula; la cabeza le daba vueltas y un inmenso chichón le sobresalía de la frente como un huevo duro–. Me acuerdo de que el piloto siempre llevaba una, llena de cosas que en su momento me parecieron inútiles –al dar con ella, la abrió y, sacando una enorme llave inglesa, gritó–: Ahora veréis si salimos o no de esta lata de conservas. ¡Apartaos, que allá voy! –sacó fuerzas de flaqueza y, propinando un soberbio golpe a una de las ventanillas posteriores, consiguió hacer un buen agujero, si bien no lo suficientemente grande como para romperla.

Yalil perdió de nuevo el equilibrio y luego cayó al suelo aturdido.

–¡Déjame a mí! –se adelantó Tamín, quitándole la llave inglesa de las manos.

Tamín cogió fuerzas y golpeó tres veces seguidas el

cristal antes de perforarlo definitivamente. Luego, con el mango de la herramienta, limpió los fragmentos de los bordes.

–Primero, las señoras –dijo al terminar, ofreciendo a Yasmine la posibilidad de ser la primera en abandonar el avión. Era una forma de excusarse por su comportamiento con ella la noche anterior.

–¡Muchas gracias! –repuso ella.

Yasmine que, a diferencia de Tamín, era delgada y pequeña, se deslizó fácilmente por el hueco de la ventanilla. Kinani la siguió, pero se quedó atascado a mitad de la cintura y desde fuera Yasmine tuvo que tirar de sus brazos hasta que consiguió liberarlo.

Los dos se dirigieron hacia el exterior de la puerta caminando con cierta dificultad entre la arena suave y blanda que se acumulaba por todas partes. Al llegar a la puerta, Kinani comprobó que no estaba dañada. Lo único que pasaba era que acumulaba demasiada arena, más de un tercio de su altura, como había dicho Hassan, y era imposible su apertura por más que los unos desde dentro y los otros desde fuera lo intentaran dando empujones.

–¡Así no conseguiremos nada! –resopló Hassan contrariado, pues era obvio que aquella no era la solución–. Tendréis que retirar la arena a mano; de otro modo no se abrirá.

Tamín no perdió tiempo y, sorprendiéndolos a todos, arrancó sin miramientos un par de mesas de los asientos, se dirigió al fondo de la avioneta y, sacándolas por la ventanilla rota, gritó:

–¡Con esto lo haréis más deprisa! ¡Servirán como palas!

—¡Sí que estás inspirado esta mañana! —le dijo Hassan, ladeando la cabeza.

—Será el ayuno —repuso Tamín, no olvidando que había rechazado su bocadillo la noche anterior por pura cabezonería, y tenía un inmenso vacío en el estómago—. A veces, hace milagros.

—Lo tendré en cuenta de ahora en adelante, muchacho —dijo Hassan—, pero más vale que te comas algunos higos secos antes de que caigas desfallecido. En esa mochila que está justo a tu derecha me parece que vi cómo Kinani los metía en alguno de los bolsillos laterales.

Tamín sonrió levemente y fue a buscar la bolsa en la que su hermano había guardado la fruta seca. Volvió a la parte delantera del avión devorando tres higos de un solo golpe, y ofreciéndoles a Hassan y Yalil, que ya controlaban por la ventanilla de la portezuela el trabajo iniciado por los más jóvenes.

Yasmine y Kinani trabajaron duramente hasta que liberaron de arena la única salida de la avioneta. Al cabo de una hora, las bisagras de la portezuela crujían con intensidad al girar sus goznes con pesadez sobre la grasa impregnada de arena.

—¡Ah! ¡Esto es otra cosa! —exclamó Hassan, concediéndose una buena bocanada de aire fresco, fuera ya del avión.

Le siguieron Yalil y Tamín, que, con un evidente gesto de alivio, se mostraron igual de contentos.

—Nunca he sabido lo que se siente cuando a uno le da un ataque de claustrofobia —manifestó Tamín—, pero os aseguro que me ha faltado bien poco para comprobarlo; empezaba a sentirme como una fiera enjaulada a punto de devorar el fuselaje a mordiscos con tal de salir de ahí dentro.

—¡Ni que lo digas! —exclamó Yalil animoso, dándole una palmada en la espalda. A la luz del sol, su chichón amoratado pareció dos veces más grande.

Comenzaron a deambular por los alrededores del avión, dándose cuenta de la difícil situación en la que se encontraban.

Habían ido a parar a una zona deshabitada y desértica, bordeada por una cadena de colinas pedregosas que se extendía a unos cientos de metros ante ellos, en dirección sur, y que recorría el perfil del desierto en todo su horizonte.

No se veía un alma en kilómetros a la redonda.

Lo que afloraba de la avioneta apenas se distinguía en medio de la arena dorada. El morro había quedado sepultado y lo único que sobresalía era la cola, con el nombre de la compañía escrito en bellas letras cursivas, *Air al-Sahara*, y una palmera dibujada justo debajo.

Tamín ya había comprobado que la radio no funcionaba. También Yalil lo había intentado un montón de veces antes de que Yasmine y Kinani desatascasen la puerta. Casi con toda seguridad, la culpa era de la arena, que había entrado en el cableado eléctrico, provocando un cortocircuito en todo el sistema.

—Estoy convencido de que a estas horas ya habrá aviones de socorro reconociendo la zona —dijo Yalil dirigiéndose a los demás. Cogió una de las cartas geográficas que había en un pequeño cajón empotrado en el cuadro de mandos, la abrió y la extendió en la arena. Señalando un gran círculo con el dedo, dijo—: Creo que nos hemos estrellado, más o menos, aquí.

—Una zona de unos... doscientos kilómetros cuadrados, por lo que veo... —opinó Tamín con preocupación, haciendo un cálculo aproximado.

—Lo importante —dijo Hassan— es que los servicios de socorro sean capaces de reconocer los restos de la avioneta desde el aire. Tenemos que despejar la arena del fuselaje y del ala; es el único modo de que nos localicen.

—¡Eso está hecho! —exclamó Tamín con entusiasmo—. Nos llevará un poco más de tiempo, nada más —entró de nuevo en el avión y desenganchó las mesitas de los respaldos de otros tres asientos—. ¡Manos a la obra! —exclamó, saliendo con ellas en la mano. Se encaminó hacia el techo del fuselaje, seguido de su hermano y Yasmine, que ya habían captado su idea.

Kinani y Yasmine se colocaron sobre el ala y comenzaron a excavar. A Hassan no le permitieron trabajar, por ser demasiado esfuerzo para su edad, y se quedó junto a Yalil, que tampoco estaba para muchas fiestas después del golpe en la cabeza.

Tamín, situado sobre el fuselaje cercano a la cabina, sudaba profusamente entre palada y palada.

El trabajo les llevaría horas; era demasiado lento y había docenas de metros cúbicos de tierra que retirar antes de conseguirlo. Sin embargo, Yasmine y Kinani parecían llevar un buen ritmo; mientras uno retiraba la arena hacia atrás, el otro la arrojaba lejos del avión.

Al cabo de un rato, Tamín decidió darse un respiro. Mientras se secaba el sudor de la frente con la punta de la camisa, echó un vistazo a su alrededor, oteando el horizonte en todas direcciones. El color dorado del desierto uniformaba el paisaje privado de vida, salpicado de piedras y cubierto de arena.

Pero, de pronto, Tamín se quedó petrificado, con la vista clavada en un punto fijo. La pala se le resbaló de la mano y, señalando hacia el sur, gritó muy excitado:

—¡Camellos, camellos! ¡Allí, al pie de las colinas!

12
UNA ESPERANZA DE SALVACIÓN

Al pie de la cadena de colinas resecas que remataban el horizonte hacia el sur, a no más de medio kilómetro de distancia, todos pudieron reconocer, al menos, tres camellos; dos de ellos estaban sentados delante de un tercero, que permanecía en pie.

–¿Y los camelleros? ¿Dónde estarán? –preguntó Yasmine, que, por mucho que se esforzó en rastrear los alrededores como un halcón, no veía más que a los tres animales solos.

–A lo mejor, hay algún pozo de agua entre aquellas rocas al pie de la colina, o un refugio donde sus dueños han pasado la noche –sugirió Hassan, aguzando la vista–. Aún es temprano –dijo mientras consultaba su reloj, que todavía no marcaba las siete de la mañana–; tal vez estén durmiendo. De cualquier forma, encaminémonos hacia allí; si damos con ellos, nos podrán indicar dónde estamos exactamente.

Sacudiéndose las palmas de las manos sudorosas y llenas de arena, Kinani dijo:

–Cuando los de la CIA se enteren del accidente, al menos, dejarán de buscarnos. Pensarán que no hemos conseguido llegar al valle, ¿no creéis?

–Es posible –corroboró Hassan–. Eso nos quitaría un enorme peso de encima y, de paso, facilitaría mucho las cosas. Creo que deberíamos coger nuestras mochilas y dejar en el avión lo menos indispensable o demasiado pesado.

–Los camelleros no deben de andar muy lejos –opinó Yalil. Los demás entraron de nuevo en el avión y comenzaron a preparar sus mochilas.

–Lo importante ahora es que no se nos escapen: son los únicos que pueden decirnos dónde nos encontramos... –comentó Kinani mientras preparaba sus cosas–. Tal vez vieron el accidente de nuestra avioneta.

–Con una tormenta como la de ayer, no creo que hayan visto ni oído nada –repuso Tamín, cambiándose la camiseta sudada por otra limpia.

–Sobre todo, si se refugiaron en el interior de la colina –añadió Yalil, quien en ese momento buscaba el espejo de cobre debajo de los asientos.

–Pues se quedarán de piedra cuando vean aparecer de golpe y porrazo a cinco personas en el desierto que han sobrevivido a un accidente aéreo viajando en una avioneta que ya no vale ni para fabricar latas –resumió Yasmine, cerrando los bolsillos laterales de su mochila.

–No olvidéis las botellas de agua –recordó Hassan–. Es

posible que los camelleros no dispongan de reservas para todos nosotros.

–¿Alguien ha visto los *walkie-talkie* por alguna parte? –preguntó de pronto Yalil–. No consigo encontrarlos, ¡demonios!

–Los he cogido yo –se apresuró a responder Kinani.

–¿No sería mejor dejarlos aquí? –sugirió Tamín–. No creo que nos sirvan por el momento.

–Eso nunca se sabe –repuso Yalil–, y no estarán de más si los llevamos con nosotros.

–Démonos prisa –apremió Hassan entonces, consultando de nuevo su reloj–. Los nómadas suelen madrugar para aprovechar las horas más frescas del día. Pronto empezará a subir la temperatura.

Minutos más tarde, todos habían terminado de preparar sus mochilas y comenzaban a cargárselas a las espaldas, fuera ya de la avioneta.

Abandonaron los restos mutilados del bimotor y se encaminaron hacia los camellos, cuyas siluetas se recortaban con nitidez al pie de la rocosa y reseca colina desdentada.

Al cabo de una media hora de marcha, Yalil echó la vista atrás y vio que quedaba dibujado sobre el horizonte un extraño abultamiento medio sepultado en la arena; de la punta de la cola de la avioneta sobresalía la verde palmera pintada con el logotipo de la compañía, como si se tratara del espejismo de un pequeño oasis perdido en aquel paraje abrasado por el sol y el calor.

Los camellos bramaron roncamente al oír llegar a los cinco desconocidos a sus proximidades. Dos de ellos se alzaron nerviosos cuando Kinani se acercó a acariciarles el morro.

–¡Tranquilo, tranquilo! –le susurró a uno, asiendo una de sus riendas sueltas, mientras otro se alejaba temeroso, distanciándose unos metros.

Hassan se acercó a inspeccionar la zona. Yalil le siguió.

–¡Eh! ¿Hay alguien por ahí? –gritó entre las gruesas rocas que se amontonaban al pie de la colina. Algunas de ellas eran enormes. Se habían desprendido de una gigantesca pared que aún mostraba signos de haber sido descarnada en tiempos remotos.

Pasados unos segundos, fue Yalil quien repitió la llamada, adentrándose entre el bosque de macizos rocosos.

Yasmine, Tamín y Kinani habían reunido a los tres camellos, a los que acariciaban suavemente el cuello. Tamín les había dado algunos dátiles maduros y buscaban más, olisqueando el bolsillo de la mochila en la que había escondido el resto.

De repente, oyeron gritar a Yalil:

–¡Venid, venid aquí de inmediato!

–¿Qué habrá pasado? –se preguntó Kinani alarmado.

–¿Pues tú qué crees? Habrá encontrado a los camelleros... –repuso Tamín mientras se dirigían con celeridad hacia donde estaban Yalil y Hassan.

Al llegar, Yalil les hizo ademán de detenerse alzando la mano.

Yalil se hallaba delante de una inmensa roca de color rojizo, cubierta de jeroglíficos grabados de arriba abajo. La roca estaba medio tumbada sobre otros bloques de piedra y Yalil estaba leyendo las inscripciones casi en diagonal.

A sus espaldas, Hassan esperaba paciente a que Yalil dijese algo, pero al final fue él quien le interrumpió:

–¿Y bien? ¿Ya sabes qué pone?

Flemático, Yalil sacó su libreta de notas y al poco respondió:

–Son advertencias.

–¿Advertencias? ¿Qué tipo de advertencias? –preguntó Kinani con curiosidad.

–Advertencias de... muerte... –precisó a secas.

–¡De muerte! –repitió Tamín sin comprender del todo, mientras a Yasmine se le aceleraba el corazón–. Pues no creo que hayan sido los camelleros quienes las hayan escrito.

–No, es evidente –repuso Yalil muy serio–, pero sí los que pretendieron disuadir a los ladrones de tumbas.

–¡Tumbas! ¿Al este del Nilo? –exclamó Kinani extrañado.

–El chico tiene razón –repuso Hassan–. ¡Es imposible que se trate de una tumba!

–En efecto –corroboró Yalil–. Los enterramientos solían efectuarse a occidente, siguiendo el ocaso del sol, pero, si no me equivoco, y Kinani podrá confirmarlo, aquí dice lo siguiente:

¡Oh!, viviente en la Tierra, que pasarás delante de esta tumba, que amas la vida y odias la muerte...

¿Queréis que siga?

–¡Pues claro! –le apremió Tamín ansioso.

Los demás afirmaron con un movimiento de cabeza.

–Bien, pues allá va lo mejor –entonces Yalil tomó una buena bocanada de aire y prosiguió–:

... abandona este lugar y busca refugio bajo las aguas que engendran la vida. Aquí sólo Anubis habitará hasta el fin de los tiempos y protegerá el alma de sus difuntos con el fuego que castiga, lejos de las tierras del oeste, del camino de occidente, lejos del ocaso de Ra. Posad vuestros dones y marchad en paz. Transmitid este mensaje a vuestros hijos y nietos, y vuestros descendientes no pasarán hambre, enfermedad ni sed.

–¿Qué os parece la advertencia? –dijo con aire grave una vez concluida la lectura.

–¿No hay una fecha, un cartucho real, algo que permita datar la inscripción? –fue lo primero que a Hassan se le ocurrió preguntar.

–No. Nada de nada –contestó él, echando de nuevo una rápida ojeada a la larga inscripción ladeada que acababa de leer.

–¿Qué crees que significa eso del fuego que castiga? ¿Es la amenaza de muerte a la que se refiere? –preguntó Tamín.

–No sólo ésa –respondió Yalil–, que sinceramente no sé a qué se refiere, y menos viniendo del dios Anubis, sino también a la advertencia de pasar hambre, enfermedad y sed.

–A mí estas cosas me dan mucho miedo, ya os lo he dicho... –confesó Yasmine, echando una mirada desconfiada hacia la colina que se alzaba frente a ella, como si temiera que de pronto un rayo se fuera a escapar de su interior–. ¡A saber quién hay enterrado allí dentro!

–A decir verdad –dijo Yalil pensativo–, ni siquiera sabemos a quién hacen referencia los jeroglíficos. Si hay una tumba por aquí y ésta es una clara advertencia de no traspasarla, es posible que la entrada esté a mitad de la ladera; este bloque de piedra ha debido de desprenderse de una cierta altura antes de terminar encajado aquí, entre estas inmensas rocas.

–Yo que tú, no iría tan lejos a buscarla –dijo de pronto Tamín–, porque me parece que está mucho más cerca de lo que imaginas.

–¿Ah sí?

–Allí mismo –y señaló una oquedad en un trozo de pared a pocos metros del suelo donde una sombra oscura se abría al interior de la colina.

–Me apuesto lo que queráis a que es allí donde los camelleros han pasado la noche –aventuró Kinani–. ¿Vienes conmigo, Yasmine?

–Iremos todos a buscar a los camelleros –dijo Hassan–. Si es la entrada de la tumba como más bien parece, les advertiremos del peligro que corren. Los nómadas son gentes muy supersticiosas para estas cosas. Además, nos interesa encontrar la forma de retomar nuestro viaje al valle del Hammammat y no complicarnos más de lo que ya lo hemos hecho.

13
LOS CAMELLEROS

—¿Hay alguien ahí? –la llamada de Hassan ante la boca desdentada de la cueva rebotó entre ecos hasta perderse en las entrañas de la montaña.

La entrada era espaciosa, aunque no se trataba exactamente de una cueva; era más bien una galería excavada a pico sobre la roca, una galería sumergida en una prieta oscuridad.

–Juraría que aquí no hay nadie –opinó Kinani, que con su linterna encendida se había adentrado un buen trecho por la galería sin oír más que el eco de sus pisadas y de sus propias palabras. Un chorro de aire fresco envolvió su cuerpo sudoroso, cuando los demás ya entraban a examinar el lugar.

Hicieron uso de sus linternas y los haces de luz comenzaron a cruzar cada centímetro del túnel.

–Me parece un poco extraño que los nómadas no estén

aquí –declaró Jasmine temerosa–. Si sus camellos han pasado la noche solos al pie de la colina, ¿dónde han dormido ellos?

–Tal vez no han dormido –sugirió Tamín con voz quebrada–, porque... las almas de los muertos no duermen, quiero decir, de los muertos de los que hablan los jeroglíficos egipcios, y quizás estemos a punto de ser devorados por un rayo de fuego.

–¡Ahhhh! –gritó de repente Yasmine al recibir en su cara un chorro de luz procedente de la linterna de Tamín, lo que la dejó viendo puntitos luminosos por todas partes durante algunos segundos.

–¡Basta de estupideces, Tamín! –le reprendió Hassan enfadado.

–¡Venga ya! Sólo estaba bromeando...

–Pues guárdate tus bromas para otra ocasión –repuso Kinani, pues lo cierto es que él también se había asustado.

–Es posible que los camelleros estén más al interior –insinuó Yalil, ignorando la disputa y avanzando un paso más–. ¿Quién nos dice que más adelante no se abrirá una estancia en la que hayan pasado la noche? Esta galería bien podría ser solamente una vía de acceso.

–¡Pues conmigo no contéis para entrar! –advirtió Yasmine.

–La verdad es que no es necesario que nos adentremos todos a inspeccionar –opinó Hassan, deteniendo la marcha–. Yasmine y yo podríamos quedarnos aquí. Dejadnos un *walkie-talkie*; si encontráis a los camelleros, bastará con que nos aviséis.

–Me parece una idea estupenda –opinó Yalil–. Tamín, dales uno de los mandos.

–¿Sabéis cómo funcionan? –les preguntó a Hassan y a Yasmine mientras abría uno de los bolsillos laterales de su mochila y sacaba una unidad–. Debéis mantener apretado este botón rojo cuando queráis hablar, y soltarlo cuando estéis escuchando. ¿Lo habéis entendido?

–Parece sencillo –afirmó Hassan tímidamente.

–Lo es.

–Bueno, pues no se hable más –repuso él, guardándose el *walkie-talkie* en el bolsillo de su amplia chilaba a rayas claras–. De todas formas, llamadnos dentro de diez minutos, hayáis encontrado algo o no.

–De acuerdo –convino Yalil. Luego, dirigiéndose a Tamín y Kinani, les dijo–: ¡Vamos, chicos! Echemos una ojeada a este túnel.

Algunos segundos más tarde, Hassan y Yasmine dejaron de ver las luces de las linternas iluminando la galería, mientras el eco de sus pasos y sus voces se seguían oyendo en la oscuridad.

–Ya han pasado más de diez minutos –observó Yasmine algo intranquila.

–Llamarán, no te preocupes. Si hubiera ocurrido algo ya nos lo habrían dicho. Los camellos siguen ahí fuera –añadió Hassan, asomándose a la boca de la cueva–. Verás cómo sus amos no se marchan sin ellos.

–¿Estás seguro de que el *walkie-talkie* funciona?

–Sí. La batería está al máximo y el piloto rojo sigue encendido.

–Entonces..., ¿por qué narices no llaman? –se impacientó ella.

–Hazlo tú si eso te tranquiliza –dijo, ofreciéndole el aparato.

Yasmine, que agitaba su amuleto desde hacía ya un rato, decidió coger el *walkie-talkie* y, apretando el botón rojo, habló:

–Aquí Yasmine –dijo, pegando los labios a la pequeña caja negra–. ¡Tamín..., Hassan..., Kinani...! ¿Me oís? Cambio.

Soltó el botón y esperó su respuesta. Pasados unos segundos, ninguno de los tres respondió.

El rostro de Yasmine se endureció antes de volver a intentarlo.

–¡Kinani..., Tamín..., Yalil...! ¿Qué ocurre? ¿Por qué no contestáis? ¿Habéis encontrado a los camelleros? Cambio.

Soltó de nuevo el botón y esperó. Al ver que tampoco respondían a la segunda llamada, Hassan comenzó también a manifestar signos de preocupación.

Tomando él mismo el mando, habló:

–Yalil, soy Hassan. Hace casi media hora que os marchasteis. ¿Por qué no contestáis? Estamos intranquilos. Cambio.

–¿Qué crees que ha podido sucederles?

–Tal vez dentro de la galería este chisme no funcione. A veces las rocas impiden la propagación de las ondas de radio.

–¿Qué podemos hacer? –preguntó entonces Yasmine.

–Adentrémonos en el túnel –sugirió.

A Yasmine la propuesta no le hizo muy feliz, pero tampoco tenía intención de quedarse allí ella sola, en compañía de tres camellos, mientras los demás desaparecían de su vista. Encendió su linterna igual que acababa de hacer Hassan, y lo siguió hasta que la luz de la entrada de la galería desapareció a sus espaldas.

La piedra de la galería era lisa de color grisáceo, fría, y penetraba en la oscuridad en línea recta, provocando una inquietante desazón.

No había ningún tipo de signos grabados y, a pesar de que Hassan orientaba su linterna hacia lo más profundo, nunca se veía el final.

Los dos habían avanzado un buen trecho sin que nada ocurriera. Las pisadas de sus amigos estaban por todas partes y eso, al menos en parte, los tranquilizaba.

Yasmine, deteniéndose un instante, probó de nuevo a comunicarse:

–¿Yalil, podéis oírnos? Nos hemos adentrado por el corredor en vuestra busca. ¿Dónde os habéis metido? Cambio.

–No parece que las cosas hayan cambiado sustancialmente –repuso Hassan al oír de nuevo el siseo intermitente por respuesta–. No nos desanimemos. Ahora sabemos que la galería es muy profunda, lo que apoya mi temor de que aquí dentro estos chismes no funcionan.

De pronto, el *walkie-talkie* empezó a silbar.

–Sss...., ate.... rrr...., en el.... no sig...., al fondo.. Ssssssss-
sssssss.

–¡Yalil, Yalil! –gritó de inmediato Yasmine, apretando
el intercomunicador y girando al mismo tiempo una rue-
decita que le permitiera mejorar la pésima recepción.

Se oyó un siseo interminable y después, nada.

–¡Oh, no! –se lamentó ella.

–Es inútil que lo sigas intentando –dijo Hassan con
voz serena–. Estas gruesas rocas impiden la comunicación
–añadió, echando una ojeada a la sólida galería–, pero, al
menos, ya sabemos que están bien. Sigamos adelante.

Yasmine pareció más tranquila después de aquello;
Hassan estaba en lo cierto: habían respondido a su llamada, a pesar de que ninguno de los dos hubiera podido entender ni dos palabras seguidas de lo que habían
oído.

Se decidieron a seguir avanzando por el corredor un
poco más hasta que, de pronto, Hassan iluminó una bifurcación en medio de la galería y ambos se detuvieron.

En la entrada de los dos túneles que se abrían frente
a ellos un montón de jeroglíficos cubrían las paredes de
arriba abajo.

–Imagino que Yalil y Kinani ya habrán leído todo esto
–dijo Yasmine.

–No creo que hayan podido resistir la tentación –declaró Hassan–. Aunque, ahora, lo importante no es tanto saber qué es lo que dicen, como escoger la galería por la que
se han desviado.

–La verdad es que hay pisadas en ambas direcciones

–observó Yasmine mientras desviaba el haz de luz de su linterna hacia el suelo.

–¿No se habrán divido en dos grupos? –temió Hassan por unos instantes.

–A lo mejor las de allí son las pisadas de los camelleros...

–Tal vez, pero las huellas de estas zapatillas de deporte que se ven aquí, no son precisamente las de las sandalias que suelen llevar los nómadas –argumentó–. Aquí veo pisadas de pies grandes... y zapatos de suela de cuero, lisa y con tacón ancho..., pero hay otras pisadas de calzado de esparto...

–Que yo recuerde, ninguno de nosotros llevaba zapatillas de esparto, sino de deporte, como las de Kinani y Tamín..., ¡y creo que también las de Yalil!

–Es cierto –asintió Hassan haciendo memoria.

–Entonces..., ¿es posible que esas huellas de zapatillas de esparto sean las de un único camellero?

–Con dos agentes de la CIA por compañía –argumentó Hassan con gesto grave.

Yasmine lo miró entonces muy seria.

–¡Eso es imposible! –exclamó segundos más tarde, como si lo que Hassan acababa de sugerir fuera la cosa más improbable del mundo–. ¿No has dicho que todavía estamos muy lejos de ese valle del Hammammat y del lugar donde mi padre pudo haber encontrado las momias? Unas zapatillas de esparto las tiene cualquiera por aquí. Y, además..., nosotros hemos ido a estrellarnos aquí por pura casualidad.

–¿De verdad? ¿Quién crees que provocó la tormenta

de arena arrastrando nuestra avioneta hasta perderla en el desierto?

–Pero...

–¿Y qué hizo el espejo? ¿No es cierto que deslumbró el interior del avión en medio de la tormenta?

–Sí, pero...

–Parece como si el dios Ha nos hubiera traído hasta aquí –concluyó Hassan sin titubear un instante–. Mejor dicho: es como si nos hubiera desviado a propósito hasta aquí, porque ahora estoy seguro de que estamos perdidos en algún punto de las montañas del valle del Hammammat. Tu padre está aquí –concluyó así, mirando fijamente a la muchacha–; él suele usar zapatillas de esparto. En la habitación de La Perla del Nilo observé que llevaba un par de repuesto y eso me lo podrás confirmar tú misma. Junto con él están los dos agentes de la CIA que lo han raptado y que, con toda seguridad, calzan zapatos con suelas de cuero, zapatos que dejarían huellas idénticas a éstas.

–Entonces –repuso ella poco después–, si es como dices..., todos estamos de nuevo en peligro. ¡Hemos ido a parar a la mismísima boca del lobo!

–Me temo que así es –suspiró él con preocupación, sin apartar la vista del entramado de huellas que se dibujaban en el suelo hasta perderse en la oscuridad.

–¿Y qué podemos hacer? –preguntó Yasmine angustiada–. ¿Quién nos dice que Yalil, Kinani y Tamín no se han encontrado ya con los asesinos?

134

–No lo podemos saber, chiquilla, y tampoco deberíamos volver a ponernos en contacto con ellos. Si los han hecho prisioneros y descubren que llevan el otro intercomunicador, sabrán que también nosotros estamos aquí, de modo que, por el momento, no utilizaremos este chisme –luego, apuntando con su linterna hacia el suelo, hizo una observación–: Si te fijas bien, todas las pisadas se pierden por el corredor de la derecha. Sin embargo –añadió Hassan, adentrándose con sigilo un par de metros por el túnel que se abría a su izquierda; luego se detuvo y continuó hablando–, por aquí no veo más huellas que las de esparto.

–¿Estás sugiriendo que son las de mi padre?

–Sí, supongo que serán las suyas –asintió él, encogiéndose de hombros–; el dibujo es el mismo y también el tamaño. Creo, Yasmine, que deberíamos seguirlas y evitar, por el momento, el corredor de la derecha. Si, como sospecho, tu padre ha pasado solo por aquí, al menos estaremos seguros de que no nos encontraremos con los de la CIA a mitad de camino.

–Pero, ¿por qué se adentraría por este corredor sin sus secuestradores?

–Seguramente estaba solo cuando lo hizo –reflexionó Hassan–, aunque me parece que seguir arriesgando hipótesis es inútil.

–¿Qué sugieres entonces que hagamos?

–Seguir únicamente las huellas de tu padre, es decir, las del calzado de esparto. A lo mejor encontramos otro modo de llegar hasta él sin que se den cuenta los tipos de la CIA.

Hassan dirigió el haz de luz de su linterna hacia el fondo del corredor, pero no vio otra cosa que la más absoluta oscuridad que lo cubría. Comenzó a andar y Yasmine lo siguió en silencio.

Caminaron durante una media hora, siguiendo el curso sinuoso que marcaba el túnel.

No había inscripciones ni jeroglíficos por ninguna parte, pero la humedad aumentaba considerablemente a medida que entraban en las profundidades de la montaña.

De pronto Hassan vio un resplandor que se atisbaba al final de la galería. Un rumor intermitente lo acompañaba; era un sonido parecido al que hace el agua cuando borbotea sobre una fuente, y penetraba con fuerza hasta donde ellos se encontraban.

Las huellas de Bakrí se dirigían derechas hacia allí.

Hassan apagó su linterna y aceleró el paso.

–¿Qué crees que puede ser? –preguntó ella, que caminaba a sus espaldas.

–No lo sé, pero te aseguro que muy pronto lo averiguaremos.

El final del túnel quedaba cubierto por una cortina de agua que lo cerraba. Otro túnel se iniciaba a su derecha y las huellas de Bakrí estaban por todas partes.

–Y ahora, ¿qué hacemos? –preguntó Yasmine desorientada.

–Lo mismo que hizo tu padre –dijo, observando cómo las huellas atravesaban el fino velo de agua.

Una luz brillante y blanca lo iluminaba. Dando un paso al frente, Hassan cruzó al otro lado de la cortina, dejando a Yasmine a sus espaldas, sola dentro del túnel. Pero poco después, la muchacha le oyó gritar:

–¡Yasmine, Yasmine!

Yasmine se sobresaltó y su corazón comenzó a latir con fuerza. No se lo pensó dos veces y cruzó la cortina de agua, empapándose en un segundo de pies a cabeza.

Cuando abrió los ojos, se quedó paralizada frente a un escenario difícil de describir. Sobre un bosque de troncos de piedra se apoyaba una cueva inmensa forrada de oro por todas partes. El oro deslumbraba, salpicado por la luz de los destellos que procedían de un lago cubierto de agua cristalina e iluminado por un chorro de luz que entraba por una grieta entreabierta en la roca.

Yasmine se encontraba justo a los pies del lago, al lado de Hassan, que contemplaba el lugar completamente fascinado.

–Ahora entiendo cómo tu padre pudo entrar y salir de la ciudad de Hanefer sin tocar el espejo que nosotros dejamos abandonado hace seis años –dijo cuando vio que sobre el borde del lago, a algunos metros de distancia, aún permanecía en pie el disco de cobre que ellos dejaron tiempo atrás–. Mi querida Yasmine: hemos llegado al corazón del dios Ha.

14
UN HECHO INESPERADO

—¡Nada, que este chisme no funciona! A estas alturas creerán que nos ha pasado algo —bufó Yalil desesperado después de haber intentado comunicarse por cuarta vez con Hassan y Yasmine.

—Conociendo a Hassan como le conozco, apostaría cualquier cosa a que nos están buscando desde hace un buen rato —dijo Kinani.

—Sí, pero, ¿cómo escaparemos de esta ratonera en la que hemos caído como unos verdaderos ilusos? Parecemos tres cobayas atrapadas en el fondo de un pozo —protestó Tamín mientras iluminaba con su linterna los bordes exteriores del túnel, tratando de encontrar algún modo de salir de allí—. Si, al menos, pudiéramos advertir a Hassan del peligro.

—Para eso servían los *walkie-talkie*... —le recordó Yalil.

—Si hubieran funcionado..., que no lo han hecho —le

replicó Tamín, que no parecía cejar en su actitud de querer encontrar un culpable a lo ocurrido.

–Eso es lo peor –se lamentó Yalil finalmente–. Lo cierto es que nunca me hubiera imaginado que caería en una trampa para ladrones de tumbas y, mucho menos, que arrastraría a otros conmigo. No conseguiremos trepar por esta pared los casi tres metros que nos separan.

–Caminábamos demasiado confiados –Kinani trató de quitarle hierro al asunto– como para pensar que el suelo se abriría bajo nuestros pies cual cáscara de nuez.

–Ya, pero las advertencias de los jeroglíficos eran muy claras –le rebatió Yalil, reconociendo así su falta de prudencia. Sacando un rollo de cuerdas de su mochila, añadió–: Y éstas no nos valdrán de mucho si nadie las engancha o tira desde arriba.

–¡Hassan! ¡Yasmine! ¡Hassan! –gritó Kinani como un descosido.

–Es inútil que te desgañites de ese modo –dijo Tamín–. Ya nos hubieran oído hace un rato y, además..., ¡casi me dejas sordo!

–¿Y qué otra cosa pretendes que haga? –le gritó Kinani malhumorado–. Por lo que a mí respecta, te comunico que no tengo intención de pudrirme dentro de este agujero.

–No perdamos la calma, muchachos –Yalil trató de serenar los ánimos–. Veréis cómo encontramos el modo de escapar de aquí.

–¡La mochila! –exclamó de pronto Kinani.

–¿La mochila? ¿Qué mochila?

–¡La tuya, Yalil! ¿No habías guardado dentro el espejo de cobre?

–Sí –repuso, sin saber dónde quería ir a parar Kinani.

–Rápido, dámelo –le pidió–. Nos ha sacado de apuros peores, de modo que no sé por qué no debería hacerlo también ahora.

–Pues no sé qué decirte, después de lo ocurrido en el avión –discrepó Tamín.

–Sus razones habrá tenido –le rebatió Kinani con el espejo ya en la mano–; la culpa es nuestra si aún no hemos averiguado qué quiso decirnos. Apagad las linternas.

Todos apagaron las linternas y de repente el pozo al que habían ido a parar se quedó más oscuro que la boca de un lobo.

–Haz lo que tengas que hacer –se oyó decir a Tamín–, pero date prisa o me dará un ataque de claustrofobia de un momento a otro.

Kinani aferraba el espejo en medio de la oscuridad, concentrándose todo lo que podía en él y en sus ocultos poderes.

El tiempo comenzó a transcurrir y los segundos parecían horas. Ninguno de los tres se atrevió a moverse ni a hablar mientras permanecían a la espera, hasta que de repente un potente foco de luz los iluminó desde arriba, desde el borde del pozo.

La luz era muy intensa, se movía de un lado a otro e impedía discernir nada.

Kinani, Yalil y Tamín se taparon los ojos, cegados por el chorro blanco y luminoso. Al poco, alguien lanzó una carcajada cuyo eco, profundo y ronco, reverberó hasta perderse en la lejanía del corredor. Después, un cuerpo se desplomó desde lo alto, lanzando un grito terrible y cayendo sobre los prisioneros de la trampa.

–¡Bakrí! –exclamaron estupefactos los tres al reconocer de inmediato al comerciante que creían se encontraría a kilómetros de distancia de allí, perdido en algún lugar del valle del Hammammat.

–No os encontrarán jamás en este miserable agujero –sentenció un hombre al que no pudieron ver porque permanecía oculto detrás del intenso foco de luz–. Gracias por la «visita guiada» a la cámara mortuoria, Bakrí. Ha sido todo un placer. Sabemos cómo se sale de esta ratonera, de modo que tus servicios ya no son necesarios –añadió–. Imagino que ahí dentro el tiempo terminará momificando vuestros cuerpos tan bien como lo ha hecho con esas momias.

–¡Eh, vosotros! ¡No nos dejéis aquí! –les suplicó Bakrí–. Esas momias son peligrosas, muy peligrosas... No debéis tocarlas..., sobre todo, la más grande, la del cocodrilo... Si lo hacéis, la maldición caerá sobre vosotros.

–Tú ya lo has hecho –le echó en cara uno de los dos hombres, que seguía sin mostrar su rostro–. Fuiste el primero en arrancarle las vendas y no creo que te hayas arrepentido por eso; si todavía sigues vivo será porque no existe ninguna maldición, por mucho que este lugar esté plagado de ellas, según dices. Nos llevaremos la momia más grande, que es la única que nos interesa, y os dejaremos en compañía de las demás.

–¡No, no! ¡La más grande, no! –gritó Bakrí alarmado–. Esa es precisamente la más peligrosa... Si la tocáis se desencadenará la ira de su espíritu... Yo lo he visto con mis propios ojos y estoy vivo de milagro.

–Todas son peligrosas –matizó el hombre–. Desde un principio os advertimos que os olvidaseis de este asunto y no nos hicisteis caso. Habéis estado jugando con fuego, arriesgando inútilmente vuestras vidas. Pues bien, lo habéis conseguido: os habéis quemado. Nadie debe conocer este hallazgo. ¡Me habéis oído bien! ¡Ah, y esto os lo podéis quedar! –añadió, arrojando un par de hojas de papel al pozo, que Yalil recogió al vuelo–. ¡En marcha, Stone! Aún tenemos mucho trabajo pendiente.

–Como gustes, Oswell.

Los dos hombres se dieron media vuelta, llevándose sus potentes lámparas alógenas, y desaparecieron poco después.

A Yalil le faltó tiempo para encender su linterna una vez que los agentes se marcharon.

Kinani y Tamín hicieron lo mismo y, como si los tres se hubieran puesto de acuerdo después de una repentina conversación telepática, las dirigieron directamente a la cara de Bakrí, sucia, sudorosa y ajada por el sol, que ahora los miraba con singular embarazo.

–Os lo explicaré todo..., todo –comenzó a decir, comprendiendo que no tendría más remedio que aclararles un montón de cosas–. ¡Tanto! Creo que nos sobrará tiempo para hacerlo...

142

–¡Por desgracia, eso parece! –bufó Yalil con severidad.

–Mira por dónde, creo que acabo de entender el mensaje del espejo –intervino entonces Tamín–: la tormenta de arena nos ha llevado directos al meollo de la cuestión y finalmente hemos encontrado a nuestros «camelleros» –enfatizó con rabia–. Pero, por si eso no fuera suficiente, mucho me temo que el final del viaje termina justo aquí, y todo por culpa de este... ¡mequetrefe!

Kinani quedó abatido y confuso sin saber qué decir. Poco importaba si Bakrí estaba o no con ellos, o si aclaraba docenas de interrogantes: se pudriría en aquel agujero como todos los demás; eso es lo único que tenía claro.

Miró las hojas de papel que Yalil sostenía en su mano, pero, de repente, algo en ellas le llamó poderosamente la atención.

–¡Déjame verlas! –dijo.

Yalil orientó su linterna hacia los papeles y un instante después su cara cambió de expresión.

–Se trata de la transcripción de unos jeroglíficos –dijo, al echar una primera ojeada.

–¿Y qué tienen que ver con todo esto? –preguntó entonces Tamín, como si el contenido de aquel escrito fuera completamente irrelevante en ese momento.

Yalil leyó con rapidez las líneas escritas, tratando de comprender lo que decían, pero fue el propio Bakrí quien se adelantó a lo que Yalil tuviera que decir:

–Es la traducción del resto de los jeroglíficos escritos sobre las vendas que les vendí a ellos, a los dos agentes de la CIA –aclaró–. Evidentemente, ya no les sirven para nada, pues me han forzado a llevarlos hasta la tumba de las momias. Eso es lo único que les interesaba. Yo..., yo no sabía que todo esto pudiera terminar así... ¡En serio!

El interés de Yalil sobre aquel par de hojas aumentó tras escuchar a Bakrí. Comenzó a leer con la máxima atención los fragmentos deshilachados de las trascripciones que habían caído en sus manos como si fueran maná. Tardó poco en conocer el contenido completo del texto que le había traído de cabeza los primeros días en el museo, ya que, afortunadamente, en su mochila llevaba una copia de la parte que él mismo había traducido.

Sacando un bolígrafo de uno de los bolsillos de su chaleco, se dispuso a reconstruir el puzle de frases que tenía ante él. Mientras recomponía el texto, anotando en los espacios vacíos de su trabajo los fragmentos traducidos por los expertos de la CIA, Kinani lo ayudaba alumbrando los papeles con su linterna.

Entre los dos tacharon y discutieron docenas de veces sobre la disposición exacta de cada palabra en las frases. Al no contar con los jeroglíficos de las vendas, sino sólo con su traducción, les costaba mucho saber en qué momento había que insertar una única palabra o una frase entera. Hubiera sido más sencillo partir de la recomposición de los fragmentos de las vendas, procediendo luego a leer el texto completo, pero tuvieron que conformarse con hacer el trabajo al contrario.

Con una última anotación, Yalil llegó al final de ambas traducciones en un único escrito. En tinta roja escribió las frases que él tradujo en el museo y dejó en negro las que habían traducido los expertos de la CIA.

Pues bien, el resultado del enlace de ambos textos, que Yalil leyó en voz alta para que los demás pudieran escucharlo, era este:

Señor del cielo que de tan lejos llegaste.

¿Quién sino el gemelo de Ra, dios de la luz y las duras tinieblas, podrías ser? ¡Oh, tú, poderoso señor llegado de las estrellas!

Como un aliento ardiente te vimos llegar, como un suspiro profundo de renovación. Tú que vienes del origen de los tiempos, tú que viajas portando la vida, apiádate de nosotros, tus hijos, y acepta nuestros humildes dones que aquí depositamos junto a tu cuerpo embalsamado.

¡Ay de aquél que se cruce en tu camino, pues, si de nuevo llueve tu ira sobre el desierto, la cólera de Ha parecerá sólo un bálsamo de aceites y ungüentos!

A la luz del día llegaste procedente de un mundo frío y lejano, donde las estrellas duermen a nuestros ojos. Te mostraste ante nosotros, tus trece siervos, dejándonos en el corazón el fuego del oro deslumbrante de tu carro astral.

Nos ofrecemos a ti, ¡oh, que amas ser llamado el gemelo del dios Ra, llegado del lejano Sednnú!

En tu vientre vivirán tus trece hijos, junto a la bella princesa Neferure, solamente aquellos que te vieron llegar desde el lejano mundo que se oculta al confín de nuestros ojos, apenas bañado por los rayos de nuestro amado Ra.

Con esta tumba inmortalizamos tu reposo, acaeci-
do en el estío del año 17 del reino, bajo la persona de la
reina del Alto y Bajo Egipto Maatkara Hatsepsut, hasta
que el divino Ra te devuelva el aliento de la vida y sus
rayos toquen tu cuerpo, que...

La lectura terminaba exactamente de ese modo. Con toda seguridad, las vendas que aún seguirían sobre la momia podrían desvelar la continuación de la misteriosa narración.

–¿Y qué quiere decir todo eso? –preguntó Bakrí con aire inseguro, incapaz de entender ni una sola frase.

–Quiere decir –contestó Yalil muy serio, levantando la mirada del papel y dirigiéndola a la nada– que ya sé por qué la CIA ha llegado hasta aquí –luego miró uno a uno a la luz de las linternas e hizo una intrigante pregunta–: ¿Alguno de vosotros ha oído hablar del noveno planeta del Sistema Solar?

–¡El noveno planeta! –rió Tamín con sarcasmo–. ¿Estás de broma, o qué? ¿Es que no te has enterado de que Plutón ha dejado de ser el noveno planeta en nuestro Sistema Solar[4]? Ahora sólo existen ocho y no nueve. ¡Ocho, Yalil!

–Pues Tamín, mucho me temo –repuso entonces Yalil– que ésta es la prueba que lo añade a la nueva lista. Creo que nuestro cocodrilo momificado es algo más que un simple reptil de época faraónica y que la muerte de la princesa Neferure ha dejado de ser un misterio para la historia.

---

[4] Como sabéis, Plutón ha sido excluido de la lista de planetas que integran nuestro Sistema Solar. Entre otros motivos, «La comunidad científica lo ha juzgado demasiado pequeño para considerarlo como tal».

–¿Hablas en serio? –preguntó Tamín atemorizado–. ¿Nos estás intentando decir que la momia a la que Bakrí ha arrancado las vendas pertenece... a la de un extraterrestre?

–Eso es precisamente lo que intenta decirnos –intervino Kinani–: que hay un tipo, o un animal, o quién sabe qué cosa, embalsamada no muy lejos de aquí, llegada de no sé qué planeta, que se estrelló hace dos mil quinientos años y que, tanto la princesa Neferure como aquellos que la vieron llegar, terminaron adorándola como a un dios o algo parecido.

–Así es –concluyó Yalil–. Está claro que no debió de ser ésa su primera visita a la Tierra, pues aquí dice claramente que llegó del lejano Sednnú, lo que prueba que, de alguna forma pudo entablar diálogo antes y después del accidente de su nave... Y no creo que la princesa Neferure tuviera profundos conocimientos de astronomía como para inventarse el nombre de su planeta de procedencia y mandarlo escribir, incluso, sobre las vendas de una momia tan singular como única, sobre todo, porque ese planeta, queridos míos –añadió entonces–, ha sido recientemente descubierto por los astrónomos y es más conocido como Sedna. Si los fragmentos de las vendas que vendiste a esos dos agentes –dijo dirigiéndose a Bakrí, que lo miraba con los ojos desorbitados– no hubieran contenido el nombre de este planeta escrito de forma tan clara y me hubiera tocado traducirlos a mí, es casi seguro que aún estaríamos en El Cairo intentando resolver el misterio nosotros solos.

Bakrí estaba más blanco que la luz de las linternas cuando

Yalil concluyó su hipótesis. Los nervios le estaban devorando y retorcía una y otra vez la punta de su mugrienta túnica, intentando inútilmente calmarse.

–¡No son más que mentiras y estupideces! –gritó entonces, perdiendo el control–. De todo lo que has dicho..., no me creo una sola palabra... Yo..., yo..., he tocado la momia de un cocodrilo, ya os lo he dicho, de un cocodrilo gigantesco, ¡eso sí!, ¡pero no la de un marciano ni la de un sednnuniano!, ¡o como tenga que llamarse! No creo nada de todo eso. ¡Son sólo patrañas para asustarnos! ¡Palabrería y nada más! ¡Eso, sólo eso!

–Di mejor que no quieres creerlo –le increpó Tamín, que también tenía los nervios a flor de piel–. Nos has metido en un lío de armas tomar, un lío que, por si no lo sabías, ¡nos va a costar la vida a todos!

–¡Cálmate, Tamín! –le pidió Yalil–. De nada sirve que crea o no lo que es evidente.

–No, no me calmo hasta que no nos cuente todo lo que de verdad sabe.

–¿Y qué más quieres que sepa? –replicó Bakrí, que sudaba profusamente.

–Yo sé que hay algo que no nos has contado. Ahora mismo nos vas a explicar todo lo que viste y tocaste en esa cámara de las momias –le ordenó Tamín, hablándole con especial dureza–. Me apuesto lo que quieras a que hay mucho más y por eso estás a punto de morirte de miedo aquí mismo... A ti lo único que te interesa es largarte y dejarnos con este sucio asunto, que se te ha escapado de las manos hace ya tiempo.

—¿De qué estás hablando? —intervino Kinani sin comprender.

—¡No es cierto! —negó Bakrí—. Ya os lo he dicho: cuando descubrí la momia del cocodrilo, lo primero que hice fue quitarle el amuleto. Luego cogí uno de los espejos que rodeaban el sarcófago y después me marché de allí. Eso es todo.

—¿Y por qué estás tan seguro de que se trata de un cocodrilo? —quiso saber entonces Yalil.

—Al arrancarle las vendas para envolver el espejo —le explicó, tratando de hacer memoria—, vi que debajo de ellas asomaban escamas de color grisáceo. Por eso deduje que era la momia de un reptil... ¡Cómo iba yo a saber que estaba tocando un bicho llegado del espacio y enterrado en una tumba egipcia!

—A mí no me engañas —replicó de nuevo Tamín—. Tú has dicho a esos dos hombres que no toquen la momia del cocodrilo, la más grande de todas. ¿Por qué? ¿De qué peligro les has advertido?

—Sí, es cierto, lo he dicho.

—Y también has dicho que era la más peligrosa y que algo ocurrió allí dentro que desencadenó su ira. Si está más muerto que un dinosaurio, ¿cómo iba a hacer algo semejante?

—¡Es la maldición de cualquier momia! —se defendió Bakrí—. Todo lo que tiene que ver con mis descubrimientos, acaba volviéndose en mi contra: la furia del desierto, los espejos que escupen fuego... ¡Todo! Las arenas ocultan miles de maldiciones que antes o después se cumplen. ¡Y no es culpa mía si así sucede!

–¿Los espejos que escupen fuego? –repitió Kinani confuso–. Querrás decir el espejo, el espejo de la princesa Neferure.

–No. No sólo ése. Todos son idénticos y pueden hacerlo.

–Sí, nos contaste algo en La Perla del Nilo –recordó Yalil en particular–, pero sin explicarnos qué es lo que de verdad viste dentro de la tumba de las catorce momias.

–Yo..., yo... –balbuceó Bakrí, perdiendo la mirada entre las sombras–. No sabría cómo explicar lo que sucedió cuando encontré las momias... Lo que he visto es obra de..., es obra de la maldición del desierto, de la momia. ¡Qué puedo saber yo de todo esto! –gimoteó, estrujándose de nuevo la túnica.

–No nos dirá nada –se lamentó Kinani, harto de las respuestas evasivas de Bakrí–. Si queremos resolver este misterio, tendremos que hacer lo mismo que hicimos hace seis años: arreglárnoslas por nuestra cuenta. Entraremos en esa tumba y lo averiguaremos. El destello de fuego que vimos en el espejo cuando lo sostenía Yasmine poco antes de la tormenta de arena y de que nos estrelláramos con la avioneta...

–¡Yasmine! ¿No estarás hablando de mi hija? –preguntó Bakrí, llevándose las manos a la cabeza–. ¿Mi hija viajaba con vosotros? ¡Y dices que se ha estrellado en una avioneta! Pero, ¿cómo...?, ¿cuándo...?, ¿está viva? ¡Oh, por nuestro profeta! Luego entonces, ¿ella también ha visto esas alucinaciones en el espejo? –se dijo, volviéndose hacia Yalil–. Creí que el amuleto la protegería como lo hizo conmigo.

–Todos nos estrellamos en la avioneta y Yasmine está perfectamente –le interrumpió Tamín antes de que Bakrí continuase con más preguntas–. ¡Y déjate de lamentaciones, que ya nos has causado demasiados problemas! Si no hubieras vendido a esos agentes la mitad de lo que traías para nosotros, ahora tu hija no estaría metida en este asunto como lo estamos todos.

–Ya no tiene mucho sentido que le eches en cara lo que hizo –intervino Yalil, tomando las riendas de la conversación, con la esperanza de serenar los alterados ánimos–. Y ahora, haced el favor de sentaros –les pidió a continuación–; falta os hará cuando oigáis lo que estoy a punto de revelaros. Lo queráis creer o no, mucho me temo que tendremos que enfrentarnos con la pura realidad, ya que estamos metidos hasta el cuello en uno de los descubrimientos más importantes de la historia de la humanidad.

15
SEDNA, EL NOVENO PLANETA

—Los astrónomos dicen que Sedna es rojo y muy frío. Está situado más allá de Plutón –comenzó Yalil a hablar, contándoles todo lo que sabía acerca del reciente descubrimiento del misterioso planeta–. Su órbita es grande y, hasta hace bien poco, se desconocía su existencia... ¡Bueno!, nosotros la desconocíamos, pero parece que en la Antigüedad sí se sabía de él. Lo confirmarían algunos restos arqueológicos, en especial me refiero a uno del que ahora mismo os hablaré. En una famosa estela[5] grabada, de época mesopotámica –les dijo– en la que se reconoce la imagen de un pequeño cuerpo celeste al lado de otros planetas ya conocidos entonces que lindan con nuestro Sistema Solar. Algunas leyendas y textos antiguos hablan de gigantes, de hombres muy grandes que llegaron a la Tierra procedentes

[5] Monumento conmemorativo que se erige sobre el suelo en forma de lápida o pedestal.

de otros mundos. Personalmente creo que no hay que darles mayor importancia. Ahora bien, si es cierto lo que dicen estos jeroglíficos –dijo, señalando los papeles que tenía delante de él– y lo que visteis en el espejo cuando la tormenta comenzó a embestirnos, mucho me temo que nos encontramos ante una evidencia innegable, aunque también extremadamente peligrosa, como ya hemos tenido ocasión de comprobar.

–¿Lo dices por la muerte del profesor americano? –preguntó Kinani.

–Quizás más bien por el hecho de que quisieran matarnos a todos nosotros –intervino Tamín.

–El profesor Holl había descubierto el ADN extraterrestre en las vendas –les recordó Yalil–, pero, por desgracia, no pudo decirnos nada más y seguro que había algo más... –matizó con firmeza–. Antes de que se interrumpiera la conversación que manteníamos por teléfono, no parecía que ésa fuese la única noticia que estaba dispuesto a darme.

–¿Te refieres al examen de la arena? –preguntó de nuevo Kinani.

–Es bastante probable que los altos porcentajes del mineral que se registraron en sus análisis tengan que ver con la nave extraterrestre, o con su impacto sobre la arena, o con algún tipo de energía desconocida que se liberó en aquel momento, ¡no lo sé a ciencia cierta! Tal vez puedas tú aclararnos algo más al respecto –dijo entonces, dirigiéndose a Bakrí–. ¿De dónde sacaste la arena que llegó con las vendas y el espejo?

–Yo no hice más que recoger el espejo del suelo, al pie del sarcófago de la momia, después de que se me resbalara de las manos...

–¿De que se te resbalara de las manos? Explícate mejor –le pidió Yalil sin comprender.

Bakrí se concedió unos segundos antes de responder:

–Me puse muy nervioso cuando arranqué el espejo del sarcófago –les dijo poco después, perdiendo la mirada en el vacío, como si aquello le ayudase a recordar mejor–, pero, sobre todo, después del fuego que provocaron los demás espejos.

–¿Fuego? ¿Qué fuego? ¿De qué otros espejos hablas? –preguntó Yalil extrañado.

–Hablo de todos los espejos iguales a ese que tienes tú ahora –le aclaró, refiriéndose al que sostenía Kinani en sus manos–. Pueden provocar un rayo terrible... ¡Un rayo mortífero como ningún otro!

–Eso no es ninguna novedad –repuso Tamín recordando lo que sucedió seis años atrás, cuando el espejo cegó a Yalil en medio del desierto y estuvo a punto de dejarlo ciego.

–Yo no sé qué hizo un solo espejo –dijo Bakrí–, pero os aseguro que conozco el poder de todos juntos.

–¡Será posible! ¡He sido un ingenuo! –exclamó de pronto Yalil, propinándose él mismo un golpe en la cabeza–. Debería haber hecho un examen también de este.

–¿A qué te refieres? –le preguntó Kinani.

–¡Al metal! ¡Al metal del espejo!

154 –¿Qué tiene de extraño? –preguntó otra vez Kinani–. ¿Acaso no está hecho de cobre?

–Después de lo que ya sabemos, no pondría la mano en el fuego –dudó Yalil–. Es posible que el poder de este objeto resida precisamente en la composición de su metal y que no se trate exclusivamente de cobre, como hemos supuesto desde un principio, sino de alguna extraña aleación que se le parezca –sugirió entonces–. Tal vez sea un arma de poderes increíbles que nosotros no podemos imaginar ni comprender.

–Si así fuese –repuso Tamín reflexivo–, es bastante probable que esté hecho de un metal peligroso, quiero decir..., radioactivo o algo así.

–¿Por qué crees que acabo de entonar un mea culpa al decir que, hasta ahora, no se me había ocurrido hacer un análisis del metal? –le respondió Yalil, mirándole fijamente. Unos segundos después dijo–: Además, si se confirman mis sospechas, creo que he descubierto de qué murieron la princesa y sus doce súbditos. ¡Por Alá! Tenemos que llegar como sea hasta la cámara mortuoria. Estoy convencido de que los poderes de este espejo y aquellos de los que habla Bakrí son exactamente los mismos. Lo que ocurre es que hace seis años ignorábamos la mitad del misterio; no teníamos noticia de la momia del extraterrestre ni de las tumbas..., y siempre creímos que todo tenía que ver de alguna manera con el dios Ha.

–Entonces, ¿qué relación crees que existe entre el dios Ha y los espejos? –preguntó Tamín.

–No lo sé –respondió abiertamente–. Ni siquiera sabemos por qué Ha nos ha desviado intencionadamente hasta estas colinas, y tendría que haber una razón, ¿o no?

–Yo no sé de qué estáis hablando –declaró Bakrí en ese momento–, pero os aseguro que en la cámara donde está esa momia puede suceder de todo. Hay poderes que van más allá de nuestra comprensión e ignoro si tienen que ver o no con un extraño metal, con la furia de los dioses del desierto, con las maldiciones de los faraones, o con todo a un mismo tiempo. Si queréis un consejo, marchaos todos de aquí antes de que suceda algo terrible.

–¡Mira qué listo! –exclamó Tamín molesto–. ¿Y se te ocurre cómo?, ¿o acaso conoces alguna ratonera escondida entre estas cuatro paredes mugrientas que nos conduzca fuera de aquí?

Nada más decir eso, el espejo comenzó a brillar intensamente en manos de Kinani. Un intenso color rojizo envolvió todo a su alrededor con una densa espiral y, en cuestión de segundos, despejó todo resquicio de oscuridad.

–¡Socorro, socorro! ¡Moriremos todos! –empezó a gritar Bakrí, horrorizado.

Ninguno pudo evitar que una ola de nervios y tensión los arrastrase. Era como si, tras lo narrado por Bakrí, estuviesen a punto de presenciar el desenlace inminente de la maldición de la momia.

Desesperado, Bakrí trató de trepar por las paredes del pozo. Tenía el rostro desfigurado por el pánico y sus ojos saltones parecían dos huevos duros a punto de caer de sus órbitas.

Yalil trató de hacerle callar tapándole la boca, mientras él no dejaba de arañar las paredes de roca, intentando remontarlas aunque sólo fuera algunos centímetros.

De improviso, en el espejo apareció una imagen.

–¡Mirad, es la princesa Neferure! –exclamó Kinani al reconocer sus rasgos finos y jóvenes.

La princesa mostraba un semblante enfermizo y triste.

Yalil, Tamín y Kinani observaban la imagen como hipnotizados, mientras que Bakrí se quedó acurrucado en una esquina, cubriéndose la cara para no ver nada. Al menos, había dejado de chillar y se limitaba a gimotear como un animal asustado.

Sobre la lámina cobriza vieron a la princesa dirigiendo a un grupo de artistas que pintaban el interior de una sala iluminada por antorchas y pebeteros[6] de bronce. En el centro del interior de la sala había un extraño sarcófago de forma oval. Era más bien bajo y rechoncho, sin ángulos, y brillaba tanto que parecía hecho de oro. Los pintores que trabajaban en las paredes seguían instrucciones precisas escritas en rollos de papiro, de los que copiaban los bocetos de los jeroglíficos y los dibujos que deberían quedar reflejados en los muros.

De pronto, la princesa cayó al suelo, derramando algunos cuencos de pintura. Se la veía muy pálida y cansada. Dijo algo mientras una doncella que caminaba a sus espaldas la ayudaba a incorporarse, pero habló demasiado bajo como para que Kinani pudiera oír nada.

–Están ultimando la decoración de una tumba –murmuró Yalil en ese instante– y, por lo que parece, la princesa es la encargada de controlar los trabajos.

---

[6] Recipientes en los que arde una llama. También servían para quemar perfumes.

–¿La tumba de quién? –susurró Tamín.

–¡Imagínatelo! –rió Kinani–. Creo que no puede ser otra más que la de ese reptil extraterrestre.

–¿Qué es eso que se ve rodeando el sarcófago? –quiso saber luego Tamín.

–A mí me parecen espejos –sugirió Yalil, aguzando la mirada entre las personas que se cruzaban delante de la imagen, pintores y ayudantes que preparaban los cuencos con los distintos tipos de pinturas.

–¡Oh, no! ¡Los espejos! –gritó Bakrí desde su esquina, acurrucándose aún más sobre sus rodillas y cubriéndose con los faldones de la túnica–. ¡Nos matarán a todos! ¡Ya están preparados para el final!

–¡Cálmate, Bakrí! –le pidió Yalil.

En ese preciso instante, un destello cobrizo surgió del espejo que tenía en la mano Kinani y salió disparado unos cinco metros por encima de sus cabezas, hasta estrellarse contra el techo de roca.

Al desprenderse algunos fragmentos de piedra, todos gritaron y no dejaron de hacerlo hasta que una voz gritó más fuerte que ellos:

–¡Dejad de chillar o nos dejaréis sordos!

Kinani alzó la vista y, entre destellos luminosos, vio cómo surgía el rostro de una joven.

–¡Es la princesa Neferure! –comenzó a gritar con los pelos de punta.

Detrás de ella se alzó la imagen de un hombre alto y anciano, que desde el borde del pozo los iluminaba con su linterna. Un segundo más tarde el rayo cobrizo desapareció, devorado por la superficie del propio espejo.

–Pues si ella es la princesa Neferure, yo soy el faraón Tutankamón –rió Hassan con desenfado, haciendo desaparecer la tensión–. De modo que es aquí donde habéis ido a parar. ¿Sabéis qué os digo?, que llevamos más de una hora buscándoos y que, si no llega a ser por ese rayo cobrizo, todavía seguiríamos haciéndolo. Vamos, os ayudaremos a salir de ese agujero. ¡Vaya! Por lo que veo, tenéis compañía: el señor Bakrí también ha caído en la trampa.

–¡Papá, papá! –gritó de pronto Yasmine, iluminándolo con su linterna.

–¡Yasmine! ¿Estás bien, hija mía?

–Sí, perfectamente, papá. Creí que no te volvería a ver.

–¿Dónde están los hombres de la CIA? –preguntó enseguida Hassan, que no se mostró sorprendido al encontrarse con el escurridizo mercante.

–¿Es que no os habéis encontrado con ellos? –le preguntó Yalil extrañado.

–Hay más de una entrada a esa tumba –les aclaró Bakrí– y, si esos tipos tienen intención de llevarse la momia, utilizarán el túnel más cercano a la salida, que no es precisamente este. Es posible que ahora estén a punto de llevársela.

–Nosotros caímos en esta trampa por pura casualidad –dijo Kinani mientras se preparaba para trepar por una de sus paredes, pues Yasmine y Hassan tiraban con fuerza de la cuerda que les habían tendido–, pero a Bakrí lo arrojaron los de la CIA. Luego se marcharon dejándonos a los cuatro aquí, convencidos de haberse desecho de nosotros para siempre.

Con un último esfuerzo, Kinani alcanzó el borde rocoso y se alzó, dispuesto a tirar de Yalil, que ya se estaba preparando para escalar por la pared de la trampa.

—Entonces…, no sospechan que Yasmine y yo estamos aquí —habló Hassan tras haber escuchado a Kinani.

—No, no lo creo… —repuso Yalil.

Hassan guardó unos instantes de silencio mientras veía cómo Bakrí abandonaba la trampa ayudado por Kinani y Yalil.

A Yasmine, feliz de ver que su padre estaba sano y salvo, le faltó tiempo para abrazarlo, estrechándolo con fuerza entre sus brazos. Después del miedo que había pasado desde que los agentes de la CIA se lo hubieran llevado en El Cairo, ahora podía dar saltos de alegría.

—Siendo así —retomó Hassan la palabra—, los de la CIA creerán que nadie puede interferir en su trabajo, y menos nosotros. Tal vez estemos a tiempo de evitar que se salgan con la suya.

—¡Pues no sé qué podríamos hacer nosotros para detenerlos! —exclamó Bakrí con cierta indiferencia, pues no deseaba otra cosa que marcharse de allí lo antes posible—. Ellos van armados. Nosotros, no.

—En efecto, es un hecho innegable —repuso Hassan—, pero nosotros contamos con otro tipo de arma distinta a la suya.

—¿En serio? —preguntó Kinani extrañado—. ¿Y cuál es, si se puede saber? Lanzarles una linterna o el espejo de cobre a la cabeza no me parece muy eficaz; como mucho, les haremos un chichón.

—Muchacho, nuestra arma es el efecto sorpresa —respondió Hassan pausadamente—. Bakrí nos podrá indicar cómo se llega hasta la cámara de las momias. Por lo que parece —añadió, mirando fijamente al comerciante—, conoce muy bien este amasijo de túneles mineros, pues he descubierto cómo abandonó la ciudad de Hanefer hace seis años sin tocar el espejo de la princesa que, por cierto, todavía está en el lago, en el mismo lugar en el que lo dejamos nosotros.

—¿Cómo has dicho? —exclamó Kinani estupefacto.

—Ni más ni menos que lo que has oído —recuperó Hassan la palabra—. Finalmente, he podido comprender uno de los enigmas que durante todo este tiempo nos ha traído de cabeza... Siguiendo uno de los túneles de la entrada en vuestra busca —les explicó—, fuimos a parar al mismísimo corazón de Ha. El espejo que tienes contigo, Kinani, y que trajo Yasmine al museo hace unas semanas, no es el de la princesa Neferure aunque, eso sí, se le parezca como una gota de agua a otra.

—Eso quiere decir que desde un principio yo estaba en lo cierto —dijo Yalil, sin poder ocultar cierta satisfacción.

—¿Estáis insinuando que estamos en Hanefer? —preguntó Kinani incrédulo.

—No lo estamos insinuando: sencillamente, lo estamos confirmando —respondió Yalil.

—¡Eso es imposible! —negó él—. Se supone que la tormenta de arena nos alejó de nuestra ruta centenares de kilómetros...

—O nos acercó centenares de kilómetros sin pasar por el aeropuerto, ¡mira tú por dónde! —intervino Tamín, al tiempo que se rascaba la incipiente barba que le ennegrecía las mejillas.

–Mucho me temo que eso es exactamente lo que ha sucedido –corroboró Hassan con un brillo en la mirada–. Parece que el dios Ha nos ha conducido a la fuerza hasta Hanefer; de eso no hay duda. Estamos en la vertiente norte del valle del Hammammat, dentro de la ciudad, en una parte de la montaña que hace seis años no pudimos explorar. Ahora nos toca averiguar qué quiere de nosotros el dios Ha, qué relación puede tener con esa momia y con la historia de la princesa, y por qué nos ha arrastrado hasta aquí, hasta la mismísima tumba en la que está enterrado ese extraño reptil. No nos queda más remedio que llegar hasta su cámara mortuoria y desvelar de una vez por todas este misterio.

–¡Pero ya es demasiado tarde para acceder hasta la cámara de las momias! –replicó Bakrí de repente–. Además, los espejos son aún más peligrosos que esos dos tipos. ¡Podrían reducirnos a cenizas en un abrir y cerrar de ojos!

–Eso nos lo explicarás por el camino –le dijo Yalil, haciendo caso omiso de sus advertencias–. Hassan tiene razón: tenemos que ver qué hay en esas cámaras. No nos queda mucho tiempo, de modo que daos prisa –les apremió, reorganizando rápidamente sus cosas dentro del morral. Luego, dirigiéndose a Bakrí, le preguntó–: ¿Cuánto tardaremos en llegar allí?

–Poco –contestó con desgana después de haber bebido un buen trago de agua. Restregándose la boca con la manga de la túnica, añadió–: Bastará con que sigáis esa galería

–dijo, indicando el túnel por el que habían llegado Hassan y Yasmine–. Luego el camino se bifurca; tomad el de la derecha. Al final encontraréis dos salas: en una, la más grande, está la momia del cocodrilo y en la otra...

–¡Eh, eh! ¡Un momento! –le interrumpió Yalil con tono hosco–. ¿Qué quieres decir con eso de que «encontraréis»? ¿Es que piensas irte de nuevo y dejar que nos enfrentemos solos a esos tipos?

–Yo..., yo no puedo hacer nada por vosotros... –se excusó, desviando la mirada de los ojos inquisitivos del arqueólogo–. La galería no tiene pérdida y las momias están ahí; yo de poco os puedo servir... No tengo ganas de meterme en más líos. Además, no quiero que mi hija corra más peligro y esos hombres estarán con sus pistolas listas para dispararnos en cuanto nos vean aparecer –tomó a Yasmine del brazo y la obligó a retroceder con él en dirección contraria, hacia la salida–. Si no tocáis los espejos, todo irá bien y, si no os acercáis a ellos, mejor.

–¡De eso ni hablar! –se enfadó Yalil–. ¡Tú vendrás con nosotros!

–¡Calma, calma! –solicitó Hassan–. Creo que en esta ocasión Bakrí tiene razón.

–¿Pero qué dices? –protestó Yalil contrariado.

–Es inútil que Yasmine nos acompañe –dijo–. La hemos traído con nosotros porque temíamos que pudieran matarla también a ella. Este es el mejor momento para ponerla a salvo. Si la llevamos a las salas mortuorias, su vida correrá peligro.

–En eso tienes razón –secundó Yalil, sacudiéndose el polvo de los pantalones.

–¿Es que nadie piensa pedir mi opinión? –se enfureció Yasmine.

–No hay opinión que valga –sentenció su padre–. No te expondré a más peligros. ¡Y no se hable más! Tú vienes conmigo.

–Ahora soy yo la que no quiere ir –se rebeló ella, soltándose del brazo.

Hassan intervino con voz suave:

–Yasmine, nunca he podido dar la razón a tu padre, pero creo que es lo más sensato que ha dicho desde que lo conozco. Necesitaremos que alguien se ocupe de los camellos –añadió–. Es posible que los agentes de la CIA traten de llevarse la momia por otros medios fuera de aquí; no creo que tengan intención de cargarla sobre la joroba de uno de esos animales. Lo más probable es que soliciten el apoyo de vehículos todoterreno, de helicópteros privados o algo así para acceder hasta estas colinas. Pero es evidente que nosotros necesitaremos los camellos para escapar, ya que no contamos ni con un teléfono para llamar a los equipos de rescate. Si tu padre y tú os encargáis de eso, todos saldremos ganando.

–¡Eh, esa es una buena idea! –aceptó Bakrí sin condiciones–. Esconderemos los camellos entre las rocas, lejos de la entrada.

–¿Y quién nos dice que no te marcharás con ellos, dejándonos abandonados en esta tumba con un extraterrestre por compañía, trece momias egipcias y un par de individuos armados dispuestos a matarnos? –le increpó Yalil.

–Yo –afirmó Yasmine muy seria, resuelta a hacer lo

que Hassan acababa de proponerles–. Os prometo que no nos marcharemos sin vosotros. Mantendré el *walkie-talkie* siempre encendido, a la espera de vuestras noticias.

–Siendo así, creo que podremos seguir adelante –concluyó Hassan mucho más tranquilo–. Esperemos que la buena fortuna nos sonría a todos.

Bakrí y Yasmine se despidieron de los demás y comenzaron a alejarse por el túnel en dirección a la salida. Sus linternas despejaron la oscuridad hasta llegar a una curva.

–La suerte está echada –sentenció Yalil al ver que el resplandor de las luces desaparecía definitivamente–. Si Bakrí respeta el pacto y salimos con vida de ésta, podremos volver a casa. De lo contrario...

–...Nuestra existencia –prosiguió Tamín– pasará a formar parte de uno de los misterios más importantes de la humanidad.

–¡Y que lo digas! –asintió Kinani, reajustándose la mochila a la espalda–, pero reducidos a un archivo *top secret* de la CIA guardado bajo llave en algún cajón del despacho de uno de sus grandes jefes, como siempre ocurre en las películas. Y ahora, Hassan –dijo luego–, prepárate para escuchar lo que hemos descubierto sobre ese cocodrilo. ¡Te vas a quedar de piedra!

–A mi edad, ya hay pocas cosas que puedan impresionarme.

–Pues te aseguro que esta será una de ellas –declaró Yalil, que comenzó a narrarle lo que habían descubierto sobre la procedencia del misterioso visitante llegado del último planeta del Sistema Solar.

16
LA CÁMARA DE LAS MOMIAS

Hassan, Kinani, Tamín y Yalil siguieron por el corredor que Bakrí les había indicado. Al llegar a una bifurcación, se desviaron por el túnel de la derecha, aquel que, según Bakrí, conducía directamente a la salida y que con toda probabilidad estarían empleando los agentes de la CIA para sacar la momia fuera de las colinas.

Sobre el suelo había huellas en ambas direcciones, hacia la salida y también hacia el interior, lo que confirmaba que los de la CIA ya habían pasado por allí.

–Desde luego, no se puede decir que nos falte coraje a ninguno –dijo finalmente Hassan, deteniéndose unos instantes antes de proseguir–. ¿Os habéis preguntado que muy pronto tendremos que hacer frente a una situación insólita, que no sabemos lo que encontraremos al final de este túnel y que aún estamos a tiempo de dar marcha atrás y dejar las cosas tal y como están?

—¿Lo dices por los agentes de la CIA? –preguntó Kinani.

—Lo digo por todo.

—Pues ahora que lo pienso, lo que más miedo me da es verme cara a cara con el extraterrestre –confesó Tamín abiertamente.

—¡Pero si está más tieso que una estaca! –rió Kinani con desenfado–. Es el único del que no deberías tener miedo.

—Daría mi brazo derecho por desvelar este misterio y entrar en esa cámara –exageró Yalil–. ¿Os dais cuenta de que podremos matar cuatro pájaros de un tiro?

—¡No te pases! Serán dos –le corrigió Tamín.

—No, cuatro –insistió–. Primero: sabremos de qué murió la princesa Neferure...

—Si verdaderamente su momia es una de esas catorce... –precisó Kinani, creyendo intuir a qué se refería.

—Lo es, te lo aseguro –repuso Yalil–. Segundo –prosiguió–: veremos al primer extraterrestre de la historia, además, momificado. Y, del susto, los dos agentes se morirán de un infarto.

—¡Venga ya! –exclamó Tamín con desdén–. ¿Del susto de ver un cocodrilo envuelto en un montón de mugrientas vendas?

—No; del susto de vernos aparecer cuando nos daban por muertos.

—¡Esa sí que es buena! –rió Hassan–. ¡Me complace comprobar, Yalil, que no has perdido el buen humor en un momento tan crucial!

Continuaron avanzando por el corredor en el más absoluto silencio, pues sabían que quedaban muy pocos metros para llegar a las cámaras; el resplandor de una potente luz iluminando el fondo del túnel anunciaba su final.

Yalil, que caminaba en cabeza de la expedición, alzó el brazo y exclamó muy serio:

–¡No os mováis!

Al instante, sus corazones se aceleraron. Dio a entender por señas que avanzaría en solitario hasta la entrada de las tumbas y luego les haría saber.

Hassan trató de disuadirlo; pensó que si los agentes de la CIA estaban dentro, era mejor que le vieran a él y no a Yalil, a quien daban por prisionero en la trampa para ladrones junto con Tamín, Kinani y Bakrí.

–¡No, no y no! –le susurró Yalil tajante–. Iré yo y no se hable más. Si aún no se han llevado la momia, veremos qué podemos hacer para impedirlo. Mientras tanto, id pensando en algún plan. Así, de buenas a primeras, a mí no se me ocurre ninguno.

–De acuerdo –consintió Hassan finalmente.

Yalil procedió a avanzar con lentitud, dejando al grupo a sus espaldas. Apagó su linterna al observar que el reflejo de la luz procedente de la cámara era más que suficiente para iluminar los últimos metros del corredor al que daba acceso.

A pocos pasos de alcanzarla, comenzó a sudar profusamente. Se secó la cara para que las gafas no se le resbalasen por la nariz humedecida; sentía que su corazón estaba a punto de estallar.

Antes de asomarse tímidamente por el perfil de una de las jambas de la puerta, tomó una buena bocanada de aire, apoyando la espalda contra la piedra fría y lisa. Se quedó unos segundos en esa posición, mientras trataba de captar las voces de los agentes en el interior de la estancia. Pero, tras un rato de espera, no oyó ni el más leve murmullo.

Por lo que Bakrí había dicho, Yalil sabía que había otra cámara en la que descansaban las trece momias restantes.

Pensó que quizás los de la CIA se encontrarían precisamente en esa otra estancia, algo más alejada, y desde allí no podía oírlos.

Sin embargo, ¿cómo podía estar seguro, si ni siquiera sabía qué había al otro lado de aquella puerta, ni dónde, ni a qué distancia se encontraba la otra cámara mortuoria? Lo único cierto era que, si entraba y se topaba con ellos, lo echaría todo a perder; sabrían que sus prisioneros habían escapado de la trampa y volverían a por los demás para no dejar testigos.

Para salir de dudas, lo único que podía hacer era echar una rápida ojeada al otro lado de aquella entrada escuetamente decorada con signos religiosos y dioses del panteón egipcio.

Y así lo hizo.

Rezó para sus adentros, echó todo el valor del que disponía y se asomó con mucha lentitud.

De repente, los ojos se le abrieron desmesuradamente, la boca se le quedó seca y, con voz entrecortada, exclamó:

—¡Atiza!

En el centro de la cámara mortuoria había un extraño sarcófago de metal de forma ovalada y paredes un tanto rechonchas.

Estaba abierto y, desde la puerta en la que Yalil se encontraba, se distinguía claramente el borde superior, delimitado por numerosos espejos egipcios hincados a su alrededor.

El sarcófago era muy grande. Podía medir unos dos metros y medio de largo por casi un metro y medio de ancho. Su superficie parecía lisa, sin jeroglíficos ni dibujos grabados. Brillaba intensamente, no sólo por los reflectores de luz encendidos que iluminaban toda la sala, sino también porque un tragaluz colocado encima de él permitía el paso de la luz solar.

Yalil avanzó con sigilo por la sala en dirección al sarcófago, pero se detuvo a pocos pasos del imponente ataúd metálico; desde allí se limitó a comprobar que un enorme cuerpo embalsamado yacía en su interior.

Durante algunos segundos se esforzó por encontrar alguna forma en aquel bulto momificado del que, sorprendentemente, no sobresalía ninguna extremidad. A primera vista, parecía el de un gran cocodrilo de unos dos metros de largo. Pero, ¡también podría ser el de una larva gigantesca!, pensó. Lo cierto es que, al estar cubierto por las vendas, resultaba difícil saber si el cuerpo pertenecía a un ser humano o no.

La imaginación se le disparó, acelerada por el miedo a lo desconocido, o quizás por los cientos de imágenes de extraterrestres que salpicaron su memoria a toda velocidad, mientras trataba de recordar las películas y novelas de ciencia ficción que había visto y leído.

Notó que la sangre se le congelaba en las venas y se retiró de inmediato, como si temiera que se materializara la terrible ira de la que había hablado Bakrí y también la advertencia grabada sobre la roca al pie de la colina y sobre el amuleto del *djed* de Yasmine, y lo dejara reducido a un montón de cenizas.

Volvió sobre sus pasos alejándose muy despacio, temeroso de provocar el más mínimo crujido con sus tobillos mientras emprendía la retirada.

Sabía que no disponía de mucho tiempo para permanecer, puesto que era bastante probable que los agentes de la CIA se encontraran en la otra cámara.

Observó que había mucha arena por todas partes y, sobre ella, docenas de huellas y pisadas en todas direcciones, amén de numerosas cajas y maletines con material fotográfico de alta precisión (cámaras, objetivos de gran aumento, filtros y cosas por el estilo) que se amontonaban al pie de los reflectores.

Yalil retrocedió hasta la entrada, tratando de memorizar cada milímetro cuadrado que lo rodeaba. La estancia estaba completamente recubierta de jeroglíficos y dibujos pintados sobre la vida del difunto. Reconoció las escenas que narraban el tránsito del alma del muerto al Más Allá y el Juicio de los Muertos, pero había otras que veía por primera vez, y también nuevos dioses que le eran completamente desconocidos. Al ver que a su izquierda se abría otro acceso, se dirigió hacia él, deslizándose con el sigilo de un gato. No podía tratarse más que de la segunda cámara mortuoria.

En pocos pasos la alcanzó, pero se detuvo antes de penetrar en ella. Apoyándose sobre una de las jambas externas, estuvo unos instantes quieto, tieso como una estaca, con la espalda de nuevo pegada a los sillares de piedra tallada que remataban la entrada.

Tras algunos segundos no logró oír otra cosa que los latidos de su corazón, que le golpeaban inusitadamente en el pecho.

Entonces se decidió a entrar.

Asomó la cabeza y vio otra habitación mucho más pequeña, pero también iluminada por un par de reflectores colocados en dos de sus cuatro ángulos. Comenzó a avanzar; no podía dejar de observar, leer y memorizar atropelladamente cuanto descubría, ahora que había comprendido que se encontraba solo en compañía de catorce momias de época faraónica: las catorce momias de Bakrí.

Sobre un lecho de piedra que recorría las cuatro paredes yacían doce pequeños cuerpos momificados en perfectas condiciones de conservación, colocados seis a la derecha y otros seis a la izquierda de la sala. En el centro se hallaba un espléndido sarcófago de madera pintado con bellos diseños y jeroglíficos de intensos colores.

Cuatro canopes de alabastro blanco[7] descansaban en el interior de un nicho situado en la pared que estaba frente

---

[7] Los canopes son vasos o urnas funerarias que contenían las vísceras de los cadáveres momificados. Las tapaderas que los cerraban representaban las cabezas de los cuatro hijos del dios Horus, genios protectores de las entrañas. Amset (la cabeza de hombre) contenía el estómago; Douamoutef (la cabeza de perro), los pulmones; Qébehsenouf (la cabeza de halcón), el hígado; Hapi (la cabeza de perro), los intestinos.

al sarcófago. Entonces, sobre uno de ellos, aquel que debería contener los pulmones embalsamados del muerto, Yalil reconoció el cartucho real en el que estaba el nombre de un singular miembro de la casa reinante en época de la XVIII dinastía y a quien pertenecían aquellos restos momificados: se trataba de la princesa Neferure, la hija de la faraona Hatsepsut.

Como había dicho Bakrí, había trece momias en una sala y otra, mucho más grande e importante, en otra cámara.

Invadido por una fuerte emoción, cogió la pequeña urna con la cabeza de perro, la alzó y releyó varias veces el cartucho grabado.

Las manos le temblaban y le sudaban de tal forma que temió que el canope se resbalara entre sus dedos de un momento a otro. Pero no..., no se había equivocado.

El nombre *Neferure* también estaba escrito en los otros tres canopes restantes. Depositó de nuevo la urna al lado de las demás y giró hacia el sarcófago de madera.

–¡Neferu-re..., Neferu-re..., Neferu-re! –leyó una y otra vez al reconocer el cartucho real, y ya no sólo entre los jeroglíficos del sarcófago, sino también sobre las paredes de la cámara, en las que incluso estaba el retrato de la princesa, presentándose ante algunos de los dioses de la muerte que, como creían los antiguos egipcios, juzgarían su alma.

Finalmente, Yalil había encontrado la momia de la princesa, enterrada en el lugar más insospechado que un arqueólogo pudiera imaginar y, junto a ella, un grupo de cuerpos –niños o doncellas con toda seguridad– y, al lado, un insigne visitante, un dios llegado de las estrellas, del confín del Sistema Solar.

La adrenalina le corría por el cuerpo como si le hubieran inyectado un líquido ardiente. Se le ocurrían mil preguntas a las que sólo respondería el estudio minucioso de todo cuanto lo rodeaba: eran precisos análisis químicos, médicos, radiológicos y forenses para determinar las causas exactas de sus muertes... ¡Había tanto que hacer!

Resopló con fuerza tratando de calmarse, mientras se concedía algunos instantes para reordenar sus ideas; entonces pensó que lo único que podía hacer en ese momento era dar marcha atrás. Debía ir en busca de los demás cuanto antes, confiando en que hubieran trazado algún plan.

Si los de la CIA no se habían llevado aún al extraterrestre, no tardarían en volver para completar su trabajo y desmontar los equipos de fotografía y luces que seguían allí.

Pero cuando ya estaba a punto de abandonar la cámara, oyó un ruido procedente de la otra sala y se detuvo en seco.

–¡Oh, no! –exclamó contrariado–. ¿Y ahora qué hago? Los de la CIA han vuelto...

Apresuradamente se agazapó detrás del sarcófago de madera, el único lugar que podía servirle de escondite. Allí esperó, mientras el ritmo desacompasado de su respiración le estaba volviendo loco. Para colmo, con el sudor, el polvo y la humedad, las gafas se le habían empañado y veía menos que un pez frito.

–¡Soy hombre muerto, soy hombre muerto! –se repitió, aplastándose todo lo que pudo contra el ataúd de la princesa.

Al poco, oyó susurrar a alguien, que decía:

–¡Eh, mirad! Y aquí está la otra... ¡Y llena de momias, como dijo Bakrí! Me apuesto lo que queráis a que ese sarcófago contiene el cuerpo de la princesa... ¡Eh, sí! ¡Aquí está su nombre, en este cartucho...!

–¡Oh, por Osiris! ¡Me habéis dado un susto de muerte! –exclamó Yalil aliviado, alzándose de golpe de detrás del sarcófago, como si se tratase de la misma momia que lo albergase y que cobraba vida en ese preciso instante.

Kinani soltó un alarido espeluznante, contorsionándose de la fuerte impresión. Al oírlo, aparecieron Tamín y Hassan, que aún inspeccionaban la cámara principal.

–¡Perdóname, perdóname! –se excusó Yalil de inmediato, saliendo a su encuentro–. No pensé que podría asustarte de ese modo... Creí que eran los de la CIA.

–¿Ah, sí? ¿Y qué reacción pretendes que debería haber tenido? –le gritó Kinani muy excitado–. Alguien sale de detrás de un sarcófago en una sala llena de momias perdidas en medio del desierto desde hace más de dos mil quinientos años, diciéndote: «¡Oh, por Osiris! ¡Me habéis dado un susto de muerte!», ¿y no debería morirme del susto?

–Sí, de acuerdo –Yalil trató de excusarse como pudo, mientras se limpiaba las gafas con la camiseta–, pero os pedí que me esperaseis en el túnel. Ya estaba a punto de volver cuanto oí un ruido en la otra estancia. ¡No imaginé que erais vosotros! ¡Tendríais que haberme obedecido!

175

—Es evidente que todos tenemos los nervios a flor de piel —intervino Hassan, serenando los ánimos, pero contento del reencuentro—. Esta vez fui yo quien se impacientó al ver que tardabas demasiado en regresar... Aunque... —añadió, dejándose seducir por el impresionante hallazgo—, ahora comprendo el porqué. La verdad es que temimos que hubieras caído en manos de esos individuos —le confesó.

—Al menos, ahora estamos otra vez juntos y ya hemos conseguido llegar hasta aquí, ¡que es mucho! —exclamó Tamín, observando atentamente todo cuanto lo rodeaba.

—No cantes victoria —repuso Yalil con reservas—. Tendremos que ir con pies de plomo porque los de la CIA no tardarán en volver; nuestro insigne huésped sigue allí.

—Sí..., ya le hemos echado una ojeada —se limitó a decir Kinani.

—Una ojeada —repitió Yalil pausadamente—. De modo que no soy el único al que le ha dado miedo acercarse más de lo indispensable —les confesó, reajustándose de nuevo las gafas ya limpias.

—Te aseguro que, desde que he visto ese sarcófago de metal con todos los espejos bordeándolo —le dijo Kinani mientras todos salían de la estancia para acercarse discretamente hasta la momia—, se me han puesto los pelos de punta.

Hassan sacudió la cabeza ante ella.

—¡Qué extraño! No se le ven brazos ni piernas embalsamados —advirtió entonces con voz grave.

—¿Y los canopes con sus vísceras? —añadió Kinani a su vez—. ¿No deberían estar por aquí, en alguna parte?

–A lo mejor no las tiene y no es más que una masa gelatinosa con cuatro pares de ojos en alguna parte de su cuerpo fofo y deforme –sugirió Tamín al tiempo que rodeaba el sarcófago lentamente, pero sin atreverse a tocarlo.

–A lo mejor no las tiene, como tú dices, o tal vez los embalsamadores no se atrevieron a ponerle las manos encima y aún se encuentran dentro de esa masa gelatinosa... –insinuó Yalil, siguiéndole la broma–. Pero, ¿quién nos dice que no es lo primero que los de la CIA se han llevado? Su estudio aportaría una información mucho más importante de lo que podamos imaginar.

–¿Os habéis fijado en que tiene escamas? Al menos, eso de ahí se parece bastante –advirtió Hassan desde el borde del ataúd, hasta donde se había arrimado a observarlas. Señaló entonces el lugar exacto donde Bakrí debió de arrancar las vendas y el amuleto del *djed*.

–¡Atiza! ¡Pues es cierto! –exclamó Kinani.

–Y yo, que siempre creí que lo de las escamas se lo había inventado –dijo Tamín al recordar que Bakrí les había hablado de ellas.

–Pues mucho me temo que no –repuso Yalil.

No había lugar a dudas: eran escamas muy finas, de color grisáceo y sin brillo alguno; incluso, algunas se habían desprendido del cuerpo (tal vez, al tirar de las vendas) y estaban esparcidas sobre el vendaje polvoriento y lleno de jeroglíficos.

Eran de forma más o menos acorazonada, parecidas a las de un reptil. Pero, ¿de qué clase de reptil podría tratarse? Ninguno de ellos era un experto en herpetología como

177

para arriesgarse a teorizar acerca de las escamas de los reptiles de nuestro planeta, para hacerse una idea del ser que tenían delante.

—No me llaméis aguafiestas —habló Tamín entonces—, pero si Bakrí no nos ha mentido, como parece, yo optaría por seguir sus consejos y abandonar este lugar antes de que ocurra algo de lo que podamos arrepentirnos.

—¡Estás loco! —exclamó Yalil muy excitado—. La momia de la princesa Neferure se encuentra en la otra cámara: los cartuchos reales con su nombre están por todas partes, sobre los canopes, sobre su sarcófago... Tenemos ante nosotros al primer extraterrestre de la historia ¡y, para colmo, momificado!, cuya vida y milagros están escritos entre estas cuatro paredes. Estoy de acuerdo —reconoció luego— en que hemos hecho un descubrimiento muy peligroso. Lo admito. ¡Pero es el hallazgo más importante que se haya realizado desde que el ser humano tiene uso de razón y no podemos marcharnos así! ¡Esto es pura dinamita!

—Sí, que nos hará saltar a todos por los aires... —le rebatió Tamín temeroso—. Si esos espejos hacen lo que me temo que saben hacer, agujeros enormes..., podemos salir muy mal parados. A ese tipo le faltará más de una tornillo en el cerebro, pero ha dicho la verdad.

—Me gustaría que estuviera aquí para que nos explicase qué es lo que en realidad vio —se interesó Hassan en ese momento, centrando entonces toda su atención en la misteriosa disposición de los espejos sobre el borde del sarcófago. Ocho se enfrentaban cara a cara, cuatro a un lado y cuatro a otro de los flancos más largos del ataúd; otros dos más estaban medio girados hacia afuera–. En total son diez, pero faltan tres espejos más –advirtió, al observar que había varios agujeros vacíos en uno de los extremos del sarcófago.

–Uno lo tenemos nosotros –dijo Kinani.

–Otro permanece aún en el borde del lago, en el interior del corazón de Ha –continuó Hassan–; ya os dije que ahí sigue desde que lo dejamos clavado hace seis años.

–De modo que falta un tercero... –concluyó Yalil.

–Lo habrá robado también Bakrí –se apresuró Kinani a sugerir.

–¡Os advertí que ese tipo nos ocultaba algo importante! –saltó de pronto Tamín como una hiena furiosa.

–No estoy muy seguro de que lo tenga él –repuso Yalil escéptico–. Bakrí siempre habló de un espejo, en singular, y de la existencia de otros muchos. A no ser que lo hayan cogido los de la CIA, no veo qué razón tendría Bakrí para ocultarnos la existencia de un tercer espejo.

–¡Te lo digo yo! –repuso Tamín–. Dentro de un par de años se presentará de nuevo en el museo con el que falta y te lo colocará delante de la nariz cual zanahoria, diciéndote que ha descubierto otro cocodrilo llegado de Júpiter y que quiere otros mil dólares por la información de cómo, cuándo y dónde lo ha encontrado.

–Con este tipo de personas, es cierto que uno siempre puede esperar cualquier cosa... –intervino Hassan–. Sin embargo, de poco o de nada nos vale ahora saber qué ha sido del que falta. Lo realmente importante es descubrir el principio de su funcionamiento: es posible que sea idéntico al que ya vimos en el lago –dijo.

Hassan asomó la cabeza por el tragaluz mediante una leve contorsión de su cuerpo, proyectó la vista hacia lo alto y dijo:

–Este lucernario permite el paso de la luz solar. Bastará con colocar el espejo que tenemos en uno de los orificios vacíos y esperar a que el sol entre por el tragaluz.

–A lo mejor no funciona si falta alguno de ellos. Y además, ¿quién nos asegura que vaya a ocurrir lo mismo que ya vimos hacer entonces? –observó Tamín escéptico.

–Nadie –repuso Hassan encogiéndose de hombros–, pero si los de la CIA están a punto de regresar, no perderemos nada intentándolo.

Yalil dijo entonces:

–Por lo que sabemos, el espejo actúa captando la energía solar para transformarla en otra muy destructiva. Si todos los espejos responden a este mismo principio (y parece bastante probable que así sea), bastará con disponerlos de tal forma que desvíen hacia la entrada de la tumba el rayo de sol que, antes o después, entrará por el tragaluz. Es posible que no sean más que suposiciones nuestras, pero, como bien ha dicho Hassan, no tenemos nada que perder. ¡Algo harán, digo yo!, aunque sólo sea deslumbrar al primero que pase. Al menos, así tendríamos algo de ventaja y no nos cogerían por sorpresa.

–El único problema es que no sabemos cuándo entrará el sol a través del lucernario –advirtió Hassan.

–Bakrí, sí –dijo Kinani.

–En efecto –asintió Yalil–, pero, ¿no te parece que ya es demasiado tarde para preguntárselo?

–Os advertí que Bakrí sabía mucho más de lo que nos dijo, ¡pero no me hicisteis caso! –les recordó Tamín irónico–. Ahora estará ahí fuera, tan tranquilo y lejos de cualquier contratiempo, o tal vez se haya largado llevándose los camellos.

–¡Vaya! ¡Habló el profeta! –resopló Kinani molesto.

–¡No empecéis a pelearos! –se enfureció Yalil, recuperando la palabra–. Ahora lo único que me interesa es saber si estáis o no de acuerdo en mover los espejos.

Bastaron algunos segundos y un intercambio de miradas, para que los demás asintieran con un simple cabeceo.

Kinani sacó el espejo de su mochila y se dispuso a ubicarlo en uno de los agujeros vacíos.

Pero inesperadamente, antes de que la punta del mango rozase el orificio hueco sobre el borde del sarcófago, alguien gritó a sus espaldas:

–¡No, no! ¡Así no, o moriremos todos! ¡No toquéis los espejos! ¡Los espejos, no! ¡Y menos de ese modo, o saltaremos por los aires!

Hassan, Tamín, Kinani y Yalil se giraron bruscamente hacia la entrada de la cámara.

–¿Bakrí? ¿Yasmine? ¿Pero qué hacéis aquí? ¿No habíamos acordado que nos esperaríais fuera? –preguntaron todos a los recién llegados.

17
ATRAPADOS

Bakrí iba de la mano de su hija y ambos mostraban un extraño semblante, tenso y muy serio. Con un carraspeo de garganta, Bakrí contestó:

—Sí, en eso quedamos, efectivamente... Esperaríamos fuera con los camellos, si bien...

—Si bien..., ¿qué? —le espetó Tamín, como si en el fondo no le sorprendiese lo más mínimo encontrárselo allí.

—Si bien las circunstancias han cambiado un poco y... —añadió con un hilo de voz, retirándose el sudor de la frente con el borde de la manga—. ¡Bueno! Diría que han cambiado bastante...

—¿Qué quieres decir? —le inquirió Yalil sin comprender, saliéndole al paso. Bakrí no se decidía a entrar; tanto él como su hija permanecían como dos pasmarotes, inmóviles delante de la puerta.

—Ahora nos dirá que han desaparecido los camellos, o

que se los han comido los escorpiones... ¡Sé bien lo que hay que hacer con estos tipos! –montó en cólera Tamín.

Inesperadamente, Yasmine dio un brusco traspié hacia adelante y luego le tocó el turno a su padre, a quien propinaron un soberbio empujón por la espalda que hizo que cayera de rodillas al suelo.

Fue sólo entonces cuando Yalil vio los cañones de dos pistolas apuntándoles por detrás. Tamín frenó en seco a pocos pasos de los recién llegados.

–¡Vaya, vaya! –se hizo presente el agente Stone, avanzando muy despacio en la cámara. Le siguió Oswell, y ambos rodearon de inmediato a los demás, encañonándolos con sus armas–. Por lo que parece, sois duros de pelar...

Cogidos por sorpresa, Kinani, Hassan y Tamín alzaron lentamente los brazos en señal de rendición.

–¡Ahora sí que estamos perdidos! –se lamentó Kinani con amargura.

–¡Todos detrás del sarcófago! ¡Vamos, vamos! ¡No tenemos tiempo que perder! –les ordenó el agente Stone, indicándoles con la punta de su pistola dónde debían reagruparse.

–¡Rápido! ¡También vosotros! –gritó el otro hombre a Yasmine y a Yalil, que ayudaban a Bakrí a incorporarse.

En ese instante se oyó un teléfono móvil. Oswell metió la mano dentro de uno de los muchos bolsillos de los que disponía su chaleco deportivo y, sin dejar de apuntarlos con la pistola, atendió la llamada.

–¿Qué ocurre? –preguntó, al reconocer el número que aparecía en la pequeña pantalla del teléfono–. Ya te he dicho que no hemos dejado testigos... Sí, he seguido las órdenes: todos están muertos... –le dijo.

Yalil miró a los demás con la misma cara de preocupación con que lo hicieron ellos.

–Nos queda sacar la momia del sarcófago. El resto del trabajo ya está hecho –prosiguió diciendo Oswell–. Espero que el helicóptero esté listo dentro de una hora... No, no... Aún no hemos colocado los explosivos; por eso necesitamos algo más de tiempo... De acuerdo... Nos vemos luego.

Con un rápido gesto cortó la comunicación y se enfundó de nuevo el teléfono en el bolsillo.

Alarmado, Yalil gritó:

–¡No podéis hacer algo así, no os permitiré que hagáis saltar todo esto por los aires! ¡No tenéis ningún derecho! ¡Este hallazgo es de propiedad egipcia!

–Este hallazgo pertenece a la seguridad internacional –le aclaró el agente Oswell con tono conminatorio, endureciendo la mirada–. Nuestros servicios secretos tienen carta blanca de tu gobierno para hacer exactamente lo que estamos haciendo.

–¡Eso es imposible! –se enfureció Yalil haciéndole frente, sin olvidarse de que una pistola le estaba apuntando.

–De modo que tenéis intención de no dejar huellas..., incluyéndonos a todos nosotros –intervino Hassan con gravedad.

–¿Y usted quién es, si se puede saber? –le preguntó entonces el agente Stone.

–Eso ya poco importa –replicó Hassan–. Al fin y al cabo, nos queda menos de una hora de vida y no me parece el momento ni el lugar para hacer presentaciones.

–Lo siento de verás –se excusó Stone con gran frialdad, mientras comenzaba a sacar de una de las cajas cerradas al pie de los reflectores algo que ni Yalil ni los demás habían advertido antes: explosivo como para hacer estallar un edificio de veinte plantas. Empezó a colocarlo en la entrada de la cámara, enganchando un paquete de cartuchos de dinamita a un detonador–. Fuimos muy claros en El Cairo –prosiguió hablando mientras regulaba la hora exacta de la explosión con un cronómetro digital–. Habéis ido demasiado lejos y vuestra tenacidad os costará la vida. ¡Las órdenes son las órdenes! Nadie debe conocer este hallazgo y aquí veo a seis personas que podrían irse de la lengua. ¿Sabéis qué es un expediente X? Pues este es uno de ellos, y vosotros estáis metidos en él hasta el cuello.

–¿Cuándo explotará, Stone? –preguntó Oswell, sacando de otra de las cajas un montón de varas y piezas de metal. Las encajó una tras otra con gran destreza.

–Dentro de treinta minutos exactos –respondió Stone–, lo que quiere decir... –añadió, consultando su reloj–, pasada la una del mediodía. ¿Has terminado ya con el montacargas?

Con un último golpe, Oswell encajó las ruedas delanteras a una estructura metálica que parecía muy sólida y robusta, y luego la echó a rodar.

–Sí –respondió sólo entonces.

Yasmine, asustada, comenzó a gimotear. Kinani la rodeó con su brazo tratando de calmarla.

185

—No dejará que os marchéis –les espetó de pronto Bakrí, dejando a todos de piedra.

—¡Es mejor que cierres el pico! –le gritó el agente Oswell–. Y, ahora, todos vosotros nos ayudaréis a sacar la momia de aquí. La depositaréis aquí encima –dijo, señalando la estructura metálica– y luego la arrastraréis hasta la salida de la tumba.

—Yo no moveré un dedo –se negó Bakrí rotundamente–. La maldición caerá sobre vosotros. Y además... –dijo, al tiempo que miraba a su alrededor–, él ya está aquí, dispuesto a matarnos a todos...

—¡Déjate de estupideces o te liquido aquí mismo! –le amenazó Stone enfurecido.

—Esta vez adoptará la forma de una fiera salvaje –prosiguió Bakrí, desoyendo las advertencias– y nos clavará sus zarpas de arena, o sus dientes afilados como cuchillos, y luego lamerá nuestros cuerpos antes de devorarnos.

—¡No estará hablando del dios Ha! –le susurró atemorizado Kinani a Yalil.

—En efecto, muchacho. Estoy hablando del dios del desierto –le dijo Bakrí, retirándose el sudor que le corría por las sienes–, del defensor de la ciudad del oro y también de estas tumbas...

—¡Basta, papá! –gimoteó Yasmine tirándole de la túnica.

—Es él quien impedirá que salgamos vivos de aquí –continuó–. ¡Lo he visto con mis propios ojos! ¡Os lo aseguro! Ninguno vivirá para contarlo ¡Ni siquiera vosotros! –sentenció, señalando a los hombres de la CIA.

—¡O te callas ahora mismo, o yo sí que te aseguro que

te adelanto la hora de tu muerte! –le gritó el agente Oswell con la mirada encendida.

–Es mejor que obedezcas, papá –insistió Yasmine asustada.

Bakrí parecía haber perdido la razón o estar a punto de hacerlo. Sus ojos saltones iban y venían de un lado a otro de la cámara, como si realmente esperase que algo, o tal vez alguien, apareciera de un momento a otro.

–Él está aquí, bajo nuestros pies... –anunció entonces con voz pausada, como si por un instante hubiera recobrado la cordura.

–Tranquilízate, papá, te lo ruego, o empeorarás las cosas –le susurró Yasmine muy preocupada–. Bajo nuestros pies solamente hay arena.

–Exacto, hija..., arena. ¡Tú lo has dicho!

–¡Ya me tienes harto con tus estúpidos misterios de momias y dioses egipcios! –bufó el agente Stone, separándolo bruscamente del grupo.

Yasmine chilló, ahogando su grito entre las manos, pues en ese instante temió lo peor. Se quitó el amuleto que llevaba al cuello y se adelantó para ponérselo a su padre, esperando que tal vez le protegiera, aunque no supiera cómo.

Un seco manotazo del agente Stone lanzó el *djed* por los aires antes de que llegara al cuello de Bakrí.

–¿Quién te ha dicho que te muevas? –le increpó de nuevo Stone.

Yasmine, que temblaba de pies a cabeza, retrocedió en silencio los cuatro pasos que había dado hasta su padre.

–¡Vosotros, venid aquí! –ordenó Oswell, refiriéndose a

Yalil, Kinani, Tamín y Barkí–. Entre los cuatro sacaréis la momia del sarcófago.

–¡Yo no la toco! –rehusó Bakrí tajante, retirándose de inmediato del ataúd–. ¡No debemos tocarla o la maldición se hará realidad!

Los de la CIA estaban a punto de perder la paciencia y Hassan temía que decidieran deshacerse de Bakrí allí mismo y sin más contemplaciones. Sabía que tenían prisa y que no detendrían el reloj ya programado para hacer saltar en mil pedazos media colina.

–Yo le sustituiré –se ofreció Hassan.

–Finalmente, veo que empezáis a razonar. ¡Ya era hora! –se complació Oswell esgrimiendo una media sonrisa.

Hassan, Kinani, Tamín y Yalil se entrecruzaron las miradas, comprendiendo que no tenían otra opción. Tomaron una buena bocanada de aire y se dispusieron a sacar la momia del extraterrestre antes de que los agentes comenzasen a usar sus pistolas.

Las manos de Kinani sudaban tanto que, al tocar las vendas las dejó humedecidas con sus huellas. Tamín se colocó en el centro, de frente a Hassan, mientras que Yalil ya estaba en la cabecera del sarcófago.

–Tenemos que retirar los espejos. De lo contrario, no podremos sacarla de aquí –observó Yalil antes de empezar.

–¡Ni se os ocurra tocarlos! –volvió a gritar Bakrí con los ojos desorbitados.

–¡Por favor, papá! –le imploró Yasmine de nuevo.

–¡No os detengáis! –ordenaron los agentes muy nerviosos–. ¡Retirad lo que sea necesario, pero daos prisa!

Por unos instantes, Yalil no supo si debía obedecerlos o no, pero lo cierto es que el oscuro cañón de la pistola apuntándole por la espalda no le dejó opción. Respiró profundamente y se dispuso a extraer el primer espejo que tenía a mano.

Comenzó a girar el mango muy despacio. Tuvo que forzar un poco la base de la empuñadura, ya que parecía fuertemente adherida al orificio que la mantenía en pie, pero tampoco deseaba romperla con un brusco esfuerzo. Hizo dos giros y notó que la base estaba a punto de ceder. Cuando finalizó el tercer giro se detuvo en seco; desvió la mirada hacia la momia, al observar que el centro del enorme bulto embalsamado se iluminaba intensamente; el sol estaba entrando por el tragaluz y le daba de lleno en ese punto.

De repente, observó que algo extraño se movía bajo las vendas iluminadas. De la impresión, se le nubló la vista durante algunos segundos y un sudor frío comenzó a cubrirle el cuerpo. Luego chilló aterrorizado:

–¡La momia está cobrando vida!

–¡Os lo dije, os lo dije! –gimoteó Bakrí como un perro asustado, al tiempo que se echaba al suelo.

Todos sin excepción retrocedieron muertos de miedo.

Los segundos que transcurrieron a continuación parecieron horas. Agazapados por el suelo o medio agachados, uno tras otro alzaron lentamente la cabeza, tratando de comprender qué estaba sucediendo.

Yalil había visto que algo se agitaba dentro de las vendas. El chorro de luz se acentuaba cada vez más sobre ellas, aclarándolas visiblemente. Si aquel tragaluz tenía una función, ¿tal vez era ésa? ¿Dar vida a la momia con un rayo del divino Ra?

Oswell, el agente más alto, decidió incorporarse. Mientras tanto, los demás no se atrevían a pestañear, atemorizados ante la posibilidad de que el extraterrestre se levantase entre el vendaje y los fulminase al instante.

Oswell procedió a avanzar, deslizándose muy lentamente hacia el sarcófago; parecía medir cada paso que daba y sostenía su arma con los dos brazos extendidos, apuntando hacia el bulto embalsamado.

Al llegar hasta el borde del ataúd, clavó la mirada en el lugar en el que el rayo continuaba calentando las vendas; allí se detuvo y escudriñó cada centímetro cuadrado de la momia.

Las escamas desprendidas seguían en la misma posición en las que las vio por última vez, y lo sabía porque él mismo se había encargado de recoger algunas muestras para su análisis en los laboratorios de la CIA. Al cabo de algunos segundos constató que el enorme bulto no se movía; su vendaje no parecía deshecho, roto ni resquebrajado. Entonces se relajó, bajando su arma.

–Este tipo está muerto –declaró, volviéndose hacia su compañero.

El agente Stone, que se había quedado rezagado a sus espaldas, se acercó hasta el sarcófago. Echó una rápida ojeada a la momia y asintió, sin más.

–¡Otra broma como ésta –dijo, refiriéndose sobre todo a Yalil– y tú serás el primero en morir! –A continuación,

Stone consultó su reloj y con voz nerviosa añadió–: Ya hemos perdido demasiado tiempo; la dinamita estallará dentro de media hora y la momia sigue aún dentro del sarcófago. ¡Venga, alzaos! ¡Arrancad todos los espejos y sacadla de una vez!

Hassan, Tamín y Kinani miraron a Yalil desconcertados.

–¿Lo has hecho con la intención de ganar tiempo? –quiso saber Hassan, incorporándose con dificultad.

–¡Pues claro que no! Te digo que vi algo moviéndose bajo las vendas.

–Habrá sido el miedo... –dijo Kinani.

–¡Os digo que está cobrando vida!

–¡Menos charla y todos en pie! –ordenó Stone. Al ver que Bakrí no se movía de su sitio, le gritó sin contemplaciones–: ¡Mira por dónde, serás tú el primero en sacar a tu amigo el extraterrestre! A fin de cuentas, te corresponde ese honor, ¿no crees?

–¡Dejadnos marchar! –comenzó a gimotear Bakrí, llevado por la desesperación–. La maldición está a punto de cumplirse; moriremos si nos quedamos aquí. Habéis movido los espejos y ya es mediodía. ¡Nada lo detendrá! ¡Nada! ¡Tenemos que escapar! ¿Pero por qué nadie quiere creerme? ¡Estoy diciendo la verdad!

Mientras tanto, el tiempo pasaba y el rayo de luz se había ido desplazando; ya no iluminaba el centro de la momia como al principio: había avanzado hasta alcanzar el borde del sarcófago. Estaba a punto de tocar su frío metal grisáceo.

En esos momentos, los dos agentes de la CIA estaban

191

dándole la espalda, a la espera de reunir al grupo que, después de lo ocurrido, parecía reacio a acercarse de nuevo al sarcófago.

Faltaba Bakrí y, por supuesto, su hija, que no tenía ninguna intención de alejarse de su padre, viéndolo en semejantes condiciones.

–¡Está bien! ¡Vosotros lo habéis querido! –sentenció el agente Stone, dispuesto a cumplir su palabra. Alzando su arma, apuntó hacia Bakrí.

Entonces, el rayo de sol alcanzó el sarcófago. A los pocos segundos el metal comenzó a cambiar de color, irisándose de una parte a la otra, al tiempo que emitía un rumor tenue pero continuo, parecido al que producen las abejas en el interior de un panal.

Asustados, Hassan, Kinani, Tamín y Yalil retrocedieron conteniendo la respiración, pero no los agentes de la CIA, que seguían de espaldas al sarcófago y aún no se habían dado cuenta de lo que estaba sucediendo.

Stone, al ver el pánico en sus rostros, se giró bruscamente hacia la momia.

–¡Eh! ¿Qué está sucediendo? –preguntó con voz entrecortada a su compañero.

Oswell retrocedió varios pasos sin perder de vista el sarcófago.

–No lo sé –le contestó poco después con voz grave.

El rumor iba en aumento y ahora las irisaciones recorrían rápidamente el sarcófago de arriba abajo, pasando incluso por encima del enorme bulto embalsamado, como si estuviesen escaneando su interior.

Oswell endureció la mirada y esta vez apuntó a la momia.

–Si de verdad está cobrando vida, sabré qué hacer con él... –anunció fríamente.

18
LA MALDICIÓN DE LA MOMIA

Una extraña neblina había empezado a elevarse del suelo y en muy poco tiempo fue cubriendo ambas cámaras. Yalil temió que los reflectores de luz, encendidos durante horas, hubieran alterado las frágiles condiciones de humedad del lugar, dando pie a la aparición de aquel fenómeno, si bien tardó poco en darse cuenta de que nada tenía que ver.

La neblina estaba compuesta de arena, de los millones de granos de arena que tapizaban el suelo de las tumbas y que ahora se arremolinaban alrededor de las piernas; era como si hubieran pisado un inmenso nido de serpientes.

Al poco, la niebla comenzó a enrollarse en los cuerpos remontándolos muy despacio, acariciando con suavidad cada uno de ellos. Tamín tuvo una sensación de ahogo cuando notó aquella niebla seca enroscándosele en el pecho, y a punto estuvo de echarse a chillar, de no haber sido porque Bakrí se le adelantó.

–¡Nos devorará vivos! –gritó de pronto el comerciante, que a manotazos trataba de apartar la arena que ya le llegaba a la garganta.

Repentinamente la niebla se retiró y, en un abrir y cerrar de ojos, su arena conformó una enorme cobra, gorda y pesada, que alzaba su cabeza sobre todos y los miraba con sus ojos fríos y despiadados, mientras agitaba la punta de la cola con frenesí, bloqueando la entrada. Se trataba del dios Ha.

–¡Ah! –se oyó un grito unánime y escalofriante que se ahogó entre las cuatro paredes de la cámara.

El pánico se apoderó de todos, incluso del valeroso agente Oswell, que antes había demostrado tener unos nervios de acero.

Bakrí metió la cabeza entre las piernas y obligó a Yasmine a protegerse del mismo modo; sabía lo que estaba a punto de suceder y también sabía que la única forma de ponerse a salvo era desaparecer lo antes posible de aquel terrible lugar.

Apenas llegó hasta los dos agentes, el dios Ha abrió la boca de par en par y les mostró sus dientes afilados como cuchillos.

Oswell no vaciló al disparar un cargador entero a ciegas, pero las balas se clavaron en el techo de la cámara. En cambio Stone, paralizado por el miedo, no consiguió ni apretar el gatillo de su arma.

La serpiente hizo vibrar su lengua bífida y seca ante los rostros de Stone y Oswell, y lamió con aspereza a un mismo tiempo ambos cuerpos de pies a cabeza.

Según el cronómetro fijado al detonador, faltaban menos de diecinueve minutos para que la dinamita explotase, y la cuenta atrás seguía su curso inexorable.

De pronto se oyó un silbido fuerte y agudo procedente del sarcófago. Ha, que se disponía ya a devorar a sus dos víctimas, las abandonó sin más y se deslizó hasta el ataúd, que había cambiado su color grisáceo y frío por un rojo intenso.

La serpiente se enroscó en el sarcófago como si tratase de protegerlo y luego alzó su gruesa cabeza hasta cercenar el paso de la poca luz que todavía se filtraba por el tragaluz.

Por unos instantes el cuerpo de Ha enrojeció también.

Fue entonces cuando del interior del sarcófago surgió un resplandor de luz azulada que atravesó el cuerpo de la serpiente.

Ha se deshizo en miles de minúsculos granos y por el hueco del tragaluz entró, primero, un larguísimo chorro de arena que se dispersó por toda la cámara y, a continuación, un rayo ardiente, que penetró en la momia como una lanza. De pronto, un agudo gemido parecido al de un animal herido, se escapó de su interior, y todos volvieron a gritar.

–¡Está viva, la momia está viva! –anunció Bakrí desde una esquina de la cámara, hasta la que había llegado arrastrándose junto a su hija.

Yalil tenía el cuerpo congelado por el escalofrío que le había recorrido la espalda al oír aquel horrible alarido. Por más que intentó sobreponerse, no podía dejar de temblar como una montaña de gelatina. A sus espaldas se habían agazapado los dos hermanos junto a Hassan; ninguno apartaba la vista del centro de la sala, temiendo presenciar algo insólito y terrible de un momento a otro, tal y como había dicho Bakrí que ocurriría. Aún reverberaba el lamento de la momia en el interior de su sarcófago, que parecía una brasa incandescente. Tras un interminable minuto, el silencio se apoderó del lugar.

Yalil sentía que los latidos de su corazón le golpeaban la garganta con tanta fuerza que le costaba respirar. Por su parte, Bakrí había dejado de gritar y permanecía abrazado a su hija, acurrucado en la misma esquina en la que le había visto por última vez.

Transcurrieron varios minutos más sin que nada nuevo sucediera.

Ha había desaparecido y la momia no se movía del interior del sarcófago; el rumor había cesado a pesar de que el ataúd seguía al rojo vivo, emitiendo luz propia. Mientras tanto, la neblina seca que el chorro de arena había dispersado por las cámaras se había posado lentamente en el suelo.

Oswell se dispuso a tomar las riendas de la situación, ahora que creía que todo había terminado. Escupió repetidas veces la arena que había tragado cuando la serpiente le lamió con su áspera lengua y aprovechó para cambiar el cargador vacío de su pistola por otro nuevo.

–¿Sabes lo que pienso, Stone? –le dijo, después de haberse secado la saliva con el revés de la mano izquierda antes de comenzar a hablar–. Que será mejor que nos aseguremos de que lo que hay ahí dentro, esté vivo o muerto, no nos dé problemas antes de que lleguemos a Washington –desbloqueó el seguro de su pistola y apuntó directamente a la momia.

Pero, de repente, de entre las vendas del enorme bulto embalsamado surgió otro rayo de luz, que esta vez fue directo a dos de los espejos que bordeaban el sarcófago. Al alcanzar aquél que Yalil había girado, el rayo salió disparado hacia afuera y atravesó los cuerpos de los dos agentes, que se encontraban en su trayectoria.

No les dio tiempo ni a respirar.

Se quedaron petrificados y, en menos de tres segundos, se desintegraron sin dejar ni una huella. La pistola de Oswell cayó al suelo como un ascua ardiente y fundió la arena a su alrededor.

A ese rayo le siguió otro que fue hacia la posición en la que, muy probablemente, debía de haberse encontrado uno de los espejos que faltaban. Al no estar, se clavó sobre una de las paredes de la tumba, dejando en ella un inmenso agujero como recuerdo y un agrio olor a quemado.

–¡Fuera de aquí o moriremos todos! –gritó Yalil muy nervioso a los demás–. Bakrí nos indicará la salida por los corredores... ¿Pero..., dónde se ha metido? –preguntó entonces, al echarlo en falta.

–Se ha marchado con su hija –dijo Kinani, que los había visto abandonar la sala con el sigilo de dos gatos, justo después de que el primer rayo desintegrara a los agentes de la CIA.

–¡Esa sanguijuela! –bufó Tamín fuera de sí, al mismo tiempo que se agachaba para evitar ser fulminado por un nuevo rayo, que le pasó a sólo diez centímetros por encima de la cabeza. Su impacto dejó otro agujero en una de las paredes cercanas a la entrada de la tumba de la princesa, donde fue a estrellarse.

–¡Cuidado! –chilló de pronto Hassan al ver que otro rayo estaba a punto de salir del ataúd.

Para entonces, el dios Ha había vuelto, reorganizando su enorme cuerpo de cobra con los miles de granos de arena que había esparcido en el interior de las tumbas. Cada vez que su cuerpo se cruzaba delante de un nuevo rayo generado del sarcófago, los granos de arena se iluminaban al rojo vivo.

Hassan, Kinani, Yalil y Tamín se dirigieron hacia la salida, sorteando como pudieron cada rayo que el ataúd lanzaba. Al pasar por delante de uno de los cuatro reflectores, Yalil se detuvo y apresuradamente comenzó a revolver entre las cajas del material fotográfico que se apilaban a sus pies.

–¡Marchaos sin mí! –les dijo de pronto a los demás.

–¿Pero qué estás diciendo? –exclamó Tamín perplejo, tirándole de la manga de la camisa.

Un rayo alcanzó de lleno uno de los reflectores situado en un ángulo de la estancia y, tras un violento estallido, lo dejó reducido a un montón de fragmentos que esparció por los aires.

–No me puedo marchar así... –replicó él soltándose–. Tienen que estar por aquí...; en algún lado han debido de dejarlas...

–¿De qué estás hablando? –le preguntó Hassan perplejo.

Kinani fue el primero en llegar hasta la entrada. Muy

nervioso, desde allí advirtió a gritos que el cronómetro del detonador marcaba ocho minutos y cuarenta y cinco segundos para la explosión.

–¡De las fotos! –contestó Yalil finalmente–. Estoy hablando de las fotos. Los de la CIA han fotografiado hasta el más mínimo detalle de las tumbas y las cámaras tienen que estar en alguna de estas cajas... ¡Demonios! Es la única prueba que tenemos de la existencia de este lugar antes de que la dinamita lo destruya.

–¡No queda tiempo para eso! –le apremió Tamín casi enfurecido.

–¡En menos de ocho minutos todo saltará en mil pedazos! –les recordó Kinani, impacientándose.

–Me reuniré con vosotros antes de que eso ocurra. ¡Venga! ¡Marchaos de una vez! ¡Largaos de aquí y no me miréis de ese modo! –gritó de nuevo–. Ya os lo he dicho: no puedo irme con las manos vacías.

Antes de que les diera tiempo a reaccionar, Ha serpenteó hasta ellos y, alzándose bruscamente ante los cuatro, les mostró su lengua sibilante, al tiempo que cimbreaba el grueso cuerpo.

Aterrorizado, Kinani desapareció al otro lado de la entrada y Hassan retrocedió muy lentamente de la mano de Tamín hasta cruzar la salida.

Sin embargo, Yalil no se movió de donde estaba: armándose de valor, cogió a ciegas uno de los cinco maletines que aún no había registrado, sin perder de vista a la serpiente, que controlaba atentamente cada movimiento que hacía.

Sólo entonces, Yalil se dio cuenta de que el amuleto de Yasmine había ido a parar justo encima del maletín que había cogido, después de que Stone lanzase el *djed* por los aires al quitárselo a la muchacha de un brusco manotazo.

–Presiento que éste será el único recuerdo que me llevaré..., ¡si es que salgo vivo! –pensó, colgándoselo al cuello. Agarró el maletín con firmeza y se dispuso a retroceder hasta la salida.

Le separaban de ella algo más de cinco metros, que le parecieron cinco kilómetros, pues, a cada paso que daba, la serpiente lo seguía, amenazándolo con sus silbidos cortantes.

Yalil se había quedado en compañía del dios Ha, del guardián de las tumbas y sabía que, si no abandonaba de inmediato la cámara, sería su fin.

El sarcófago emitía rayos en todas direcciones, pero prefirió ignorar lo que sucedía en su interior; tenía el presentimiento de que nada bueno podía ocultar el enorme bulto momificado que se nutría y generaba energía de aquel modo. Y es posible que así fuera porque, al echar una última ojeada antes de escapar, le pareció ver que la momia sobresalía por encima de los espejos entre los resplandores de los rayos azulados.

Consiguió llegar a menos de un par de pasos de la puerta de acceso a la tumba.

Desde allí comprobó angustiado que, según el cronómetro digital del detonador, faltaban cinco minutos escasos para la explosión. Tenía el maletín en su mano y sólo unos pocos minutos para recorrer una galería cuya extensión desconocía.

Se dispuso a cruzar el umbral y a abandonar la tumba, cuando, de pronto, Ha le interceptó el paso, impidiéndole avanzar.

Con su cuerpo seco y duro rozó el pecho de Yalil, que se había quedado más tieso que una estaca. El fuerte hedor a quemado que se respiraba en toda la estancia se intensificó. Era un olor indescriptible, entre podrido y azufrado; a Yalil le dieron ganas de vomitar.

La enorme cobra hizo vibrar su lengua bífida a pocos milímetros de su cara arañándole el cristal de las gafas.

Yalil estaba petrificado del pánico; la mente se le quedó completamente ofuscada cuando trató de pensar en algo que pudiera alejar a la serpiente antes de que todo saltase por los aires.

Los segundos seguían pasando y a su espalda oía que el sarcófago seguía escupiendo rayos, al igual que una caja de fuegos artificiales incontrolados. Estaba firmemente convencido de que el extraterrestre cobraba vida en su interior y de que, de un momento a otro, rasgaría las vendas, haciéndose presente ante él y cumpliendo así la maldición que había dejado escrita miles de años atrás.

Sin previo aviso, Ha propinó un seco latigazo en el brazo de Yalil con la punta de la cola y Yalil no tuvo más remedio que soltar el maletín. Los granos de arena le dejaron una herida y la manga de la camisa hecha jirones.

–Está bien, está bien... –satisfizo Yalil a la serpiente–. No me lo llevaré si eso es lo que quieres, pero, al menos, deja que me vaya. He protegido el secreto de este lugar durante años y pretendo seguir haciéndolo ahora que sé cuál es tu misión.

Puedes quedarte con el maletín y también con lo que esté a punto de salir de ahí... –dijo, refiriéndose al sarcófago.

Como si no hubiera entendido nada de lo que Yalil le acababa de decir, el monstruo de arena aproximó la punta de su puntiaguda boca hasta la mejilla de Yalil, alargó su lengua y comenzó a lamerlo muy despacio, del mismo modo que había hecho con los dos malogrados agentes, Stone y Oswell.

Al llegar al pecho, Yalil sintió un roce intenso a la altura del amuleto. En ese momento cerró los ojos con todas sus fuerzas, consciente de que no soportaría presenciar el terrible final que Bakrí había descrito en tantas ocasiones. Estaba a punto de ser devorado por la serpiente y pensó que sólo así sería capaz de afrontar los últimos segundos de vida que le quedaban.

De pronto, sintió un viento seco girando a su alrededor y los primeros granos de arena que le arañaban los brazos y las piernas.

Yalil apretó aún más los párpados. La adrenalina le hacía sudar intensamente y tenía los músculos tan agarrotados por la tensión y el miedo, que era incapaz de moverse.

Comenzó a oír docenas de golpes que parecían proceder de todos los puntos de la tumba a un mismo tiempo, mientras la arena se estrellaba contra él, clavándosele en la piel mojada.

Yalil aguardaba la muerte, la primera dentellada de la serpiente en algún lugar de su cuerpo. No pudo resistirlo más tiempo y empezó a gritar. Oyó un estallido seco que hizo dar un vuelco a su ya desacompasado corazón. A ése le siguió otro, y segundos más tarde, dos más. Todo se quedó a oscuras o, al menos, eso le pareció. No sabía lo que estaba sucediendo, si bien tampoco tuvo el valor de abrir los ojos para comprobarlo, porque únicamente podía gritar... como lo habría hecho Bakrí, como seguramente lo hizo, gritar como un loco por la desesperación y nada más. Chilló hasta quedarse sin fuerzas, afónico y completamente exhausto.

Fue entonces cuando advirtió que el único ruido que oía era el del su corazón golpeándole contra el pecho. Abrió los ojos y descubrió que un tenue resplandor rojizo procedente del sarcófago en el que todavía permanecía la momia inundaba la cámara. Ha había desaparecido, llevándose todo aquello que no pertenecía a la tumba. Excepto una cosa.

El explosivo.

Yalil miró angustiado el reloj del detonador. Quedaban algo menos de tres minutos para que las tumbas saltasen en mil pedazos y los segundos seguían pasando.

Apenas escapó de la cámara, comenzó a correr a toda velocidad por el túnel, hacia la salida. La luz de su linterna alumbraba a saltos las paredes y el suelo, dibujado por las huellas de docenas de pisadas en ambas direcciones.

Al llegar a una bifurcación, tomó el corredor de la izquierda y siguió corriendo sin parar. Si se había equivocado, pagaría con su vida el error, pues no tendría tiempo de dar marcha atrás.

Siguió corriendo de forma desenfrenada, hasta que de pronto notó a sus espaldas una fuerte explosión. El suelo retumbó a sus pies y algunos fragmentos de roca se desprendieron de las paredes. En lugar de detenerse, Yalil aceleró aún más la carrera, pese a que su corazón estaba a punto de reventar del esfuerzo.

Poco después siguió otra explosión todavía más fuerte, que le obligó a echarse al suelo y a cubrirse la cabeza para protegerse de los trozos de roca y arena que caían por todas partes. No sabía si ésa sería la última o si le seguirían otras más, de modo que se incorporó y volvió a correr. Al poco, delante de él vio finalmente la salida.

—¡Lo he conseguido, estoy vivo, estoy vivo! —comenzó a chillar loco de alegría cuando le quedaban unos cuantos metros para alcanzarla.

De nuevo otra explosión reverberó en el interior de la galería, la más seca y violenta de las tres. En esta ocasión un chorro de polvo y arena provocado por la onda expansiva recorrió el túnel a toda velocidad en dirección a la salida del corredor y, a su paso, arrastró a Yalil.

Entre gritos, Yalil salió despedido por los aires y cuando al fin aterrizó, se encontró delante de la entrada exterior de la tumba, rodeado de arena, rocas y bajo un sol ardiente.

Allí quedó tendido, envuelto en una densa nube de polvo que, al poco, se disipó.

Cuando Yalil alzó la cabeza, reconoció a duras penas el rostro de Kinani haciéndole sombra. Tamín y Hassan se encontraban a su lado, de espaldas a la falda de la colina rocosa abrasada por el sol. Yalil ignoraba en qué momento habría perdido las gafas tras abandonar la tumba de aquella forma tan violenta, pero eso poco importaba ya, entre otras cosas, porque recordaba que la serpiente se las había rayado irremediablemente al lamerle la cara.

–¡No nos habías dicho que tenías intención de escapar como un vulgar murciélago! –bromeó Kinani, alargándole la mano para ayudarlo a levantarse.

–¡Ya ves! –contestó Yalil como si nada–. Lo malo es que se me olvidó meter las alas dentro de la mochila.

–Pues ya lo sabes para la próxima vez...

–No habrá una próxima vez –objetó Tamín tajante–. Al menos, no contéis conmigo para otra aventura: me lanzaría del avión con el primer paracaídas que encontrara a mano.

–¡A propósito! –exclamó Hassan en ese momento. Mostrando a Yalil un pequeño maletín negro con los cantos reforzados en metal, le preguntó–: ¿No sería esto lo que andabas buscando ahí dentro, verdad?

Yalil miró a Hassan muy sorprendido y tomó el maletín de sus manos. Abrió ansioso los herrajes y se quedó de piedra al comprobar que en su interior había varias cámaras digitales, así como algunos recipientes de cristal de diversos tamaños con muestras procedentes de las dos tumbas. En uno de ellos se veían, al menos, cuatro escamas grisáceas de forma acorazonada con una etiqueta ya pegada al cristal y un número de identificación.

–¿De dónde lo habéis sacado? –preguntó perplejo con la voz entrecortada por la emoción.

–Los de la CIA lo habían dejado justo aquí –contestó Kinani, que fue quien lo había encontrado.

–Sí, y el helicóptero que debía venir a buscar esto y todo aquello que se quedó dentro de las tumbas, recoger a los agentes y llevarse a la momia, estará a punto de llegar de un momento a otro —advirtió Hassan al tiempo que echaba una ojeada al cielo—. No estimo prudente que permanezcamos aquí por más tiempo —dijo, caminando hacia donde estaban los camellos.

—Estoy de acuerdo —intervino Kinani—; me parece que ya oigo el zumbido de sus hélices.

Apenas se percibía un punto negro acercándose rápidamente por el oeste. Era el helicóptero, que estaba llegando a las colinas pedregosas, acudiendo puntual a la cita concertada por los dos agentes de la CIA.

De camino hacia donde se encontraban los camellos, Yalil preguntó:

—¿Dónde están Bakrí y su hija? —se interesó de pronto, al no verlos con ellos.

—Se han marchado con uno de los camellos —le informó Kinani—. Los otros dos siguen al otro lado de esas rocas.

—¡Vaya, menos mal! —suspiró Yalil sin mostrarse muy sorprendido por el hecho—. Tengo que dar mi brazo a torcer, pero Tamín tenía razón.

—¡Al fin hay alguien que lo reconoce abiertamente! —exclamó él.

—No podemos quejarnos —repuso Yalil—. ¡Dejarnos dos camellos es un acto de gran generosidad! Al menos, podremos regresar a la civilización y, ahora que lo pienso, lo primero que haré será ducharme a conciencia y afeitarme esta barba que no deja de picarme.

—¡Yo haré lo mismo! —convino Tamín, rascándose a disgusto la suya.

Cuando la silueta del helicóptero se recortaba limpiamente en el cielo azul, sobrevolando la cordillera de la colina, todos se encontraban a resguardo bajo el hueco dejado por dos inmensas rocas desprendidas una al lado de la otra.

El rumor de las hélices cortaba el aire seco y caliente. El helicóptero aterrizó a pocos metros de la boca del túnel, pero mantuvo los motores encendidos mientras una nube de polvo ardiente envolvía parte de la colina, arrastrando la arena hasta donde ellos estaban.

Los camellos bramaron asustados.

–Ya están aquí... –susurró Kinani, agazapándose atemorizado en el refugio.

–Cuando se den cuenta de que sus dos agentes han muerto tras las explosiones –le tranquilizó Hassan, mientras sostenía con firmeza las riendas de uno de los camellos–, darán el caso por cerrado. Creerán que todos hemos muerto y nunca sabrán qué sucedió de verdad.

Apenas el helicóptero tocó tierra, un par de hombres descendió de él. Se protegieron el rostro con un pañuelo y los ojos con unas gafas de sol muy oscuras. Después de inspeccionar la entrada de la cueva, parecían desconcertados. Uno de ellos hizo una llamada por teléfono y poco después regresaban de nuevo al helicóptero. El ruido de los motores se intensificó; entonces el aparato tomó altura y se alejó rápidamente en la misma dirección en la que había llegado. Todo sucedió en pocos minutos.

Era el momento en que ellos también debían reemprender su viaje de vuelta.

–¿Crees que se lo habrán creído? –preguntó Tamín a Yalil, tomando asiento sobre la joroba de uno de los camellos.

–Espero que sí..., aunque eso no signifique que la historia termine aquí.

–¡Cómo que no! –objetó Kinani–. Pensarán que todos estamos muertos y nos dejarán en paz.

–Pero no todos están muertos; además, no estoy muy seguro de lo que ha sucedido ahí dentro.

–¿Es que acaso has sufrido un ataque de amnesia fulminante? –exclamó Tamín muy extrañado–. Vimos desintegrarse a los agentes de la CIA ante nosotros –le recordó–; las cargas de dinamita explotaron y nosotros conseguimos salir antes de que eso ocurriera. ¿A qué otros muertos te refieres?

–Mucho me temo –intervino Hassan, obligando a su camello a alzarse– que hay algo más que Yalil no nos ha contado.

Yalil enmudeció.

–Este maletín –dijo después, abrazándolo– encierra una historia extraordinaria que sólo os podré contar cuando estudie todo el material que contiene. Pero, sí, es cierto –añadió, deteniéndose un segundo antes de montar de espaldas a Tamín–; hay algo que no os he dicho..., algo importante que sucedió al final.

–¿Y se puede saber de qué se trata? –preguntó Kinani curioso.

–Antes de abandonar la tumba ocurrieron muchas cosas que os contaré de vuelta a casa..., pero, sobre todo, vi algo que me inquietó bastante.

–¡Vamos, cuéntalo, que me muero de la curiosidad!

Yalil congeló la mirada del mismo modo que lo hizo Bakrí cuando les narró su experiencia en solitario.

–Me dio la sensación de que la momia había crecido, sobresaliendo incluso por encima del sarcófago –les dijo–, como si se hubiera hinchado después de haber generado toda aquella energía en el interior de su extraño ataúd.

–Me estás asustando –le confesó Kinani, mirándole fijamente. En ese instante su camello comenzó a caminar tras un corto bramido. Hassan lo guiaba.

–No te preocupes demasiado, Kinani –le quiso tranquilizar Yalil–. Si de verdad el extraterrestre estaba cobrando vida, se habrá achicharrado con las explosiones, aunque no tengo ninguna intención de ir a comprobarlo, si eso es lo que estás pensando... Es posible que ahora no sea más que una montaña de carne a la brasa.

–¡Qué Alá así lo quiera! –suspiró Hassan con voz grave y, tirando de las riendas del animal, encabezó la marcha hacia el oeste.

Sobre la arena se dibujó la silueta cimbreante y oscura de sus sombras avanzando lentamente hacia el Nilo.

Entonces Yalil narró a sus compañeros los últimos minutos que vivió en compañía del dios Ha, cuando temió por su vida, y lo mucho que gritó al sentir el roce seco y punzante de sus granos, que le arañaban todo el cuerpo.

A su izquierda quedaba la colina reseca y, a sus espaldas, los restos de la avioneta medio sepultada, de la cual sobresalía la punta de la cola con el nombre *Air al-Sahara*, único testimonio de su violento aterrizaje.

–¿Qué explicación les darás a los de la compañía aérea cuando sepan que hemos destrozado su avioneta? –preguntó Kinani a Yalil.

–Les diré la verdad: que un par de agentes de la CIA nos querían matar y que el dios del desierto nos envolvió en una tormenta de arena fantasma y nos condujo hasta la tumba de un extraterrestre momificado, enterrado junto a una princesa egipcia y doce momias más.

–Creerán que les estás tomando el pelo o que te has vuelto loco de atar.

–Es posible –repuso, encogiéndose de hombros–, pero ya sabes qué dicen de los locos...

–No, no lo sé.

–Pues que son ellos los cuerdos y que siempre tienen razón. ¿O no la tenía Bakrí?

F I N

ÍNDICE

Susana Fernández Gabaldón

Nací en Madrid, hace ya muchos años. Sin embargo, nunca he vivido en la ciudad. Mi infancia transcurrió en Pozuelo, donde tenía gatos, perros, ardillas, hámsteres, periquitos, un loro que no paraba de hablar, conejos y ¡hasta un cordero! Siendo así, pensé que terminaría estudiando Biología o tal vez Veterinaria, pero no... Fue la arqueología la que me arrastró por sus muchos misterios hasta las aulas de la universidad.

Más tarde, continué estudiando, publicando, excavando, pero un día ocurrió algo terrible. Una de las personas más importantes de mi vida enfermó y pocos meses después la muerte nos separó. Acababa de cumplir veintinueve años y creía que moriría de la profunda tristeza y la desesperación. Hasta que de pronto vi un punto de luz en medio de aquella oscuridad y fue cuando empecé a escribir historias y cuentos. La escritura se transformó en mi nueva sed de conocimientos y cuando años más tarde encontré a mi segundo marido, di gracias al cielo por haber tenido la suerte de rehacer mi vida a su lado. Tenemos dos hijos, Aldo y Mario.

Cuando escribo me gusta mezclar varios géneros literarios: historia, aventuras, fantasía, ciencia ficción, humor... Mis novelas son de lenta ejecución porque necesito investigar y a veces esa etapa dura meses, incluso años. Me gusta que haya un cuadro histórico en todas las novelas, algo que haga que podáis aprender sin que os deis cuenta de ello, porque lo importante es que os divirtáis leyendo.

Algunas de mis obras son: *El pescador de esponjas, Caravansarai, La torre de los mil tiempos, Pesadillas de colores* y *Las catorce momias de Bakrí*, segunda parte de *Más allá de las tres dunas*.

Bambú Grandes lectores

*Bergil, el caballero
perdido de Berlindon*
J. Carreras Guixé

Los hombres de Muchaca
Mariela Rodríguez

El laboratorio secreto
Lluís Prats y Enric Roig

Fuga de Proteo 100-D-22
Milagros Oya

Más allá de las tres dunas
Susana Fernández
Gabaldón

*Las catorce momias
de Bakrí*
Susana Fernández
Gabaldón

Semana Blanca
Natalia Freire

Fernando el Temerario
José Luis Velasco

Tom, piel de escarcha
Sally Prue

*El secreto del
doctor Givert*
Agustí Alcoberro

La tribu
Anne-Laure Bondoux

Otoño azul
José Ramón Ayllón

El enigma del Cid
Mª José Luis

Almogávar sin querer
Fernando Lalana,
Luis A. Puente

*Pequeñas historias
del Globo*
Àngel Burgas

*El misterio de la calle
de las Glicinas*
Núria Pradas

África en el corazón
M.ª Carmen de la Bandera

Sentir los colores
M.ª Carmen de la Bandera

Mande a su hijo a Marte
Fernando Lalana

*La pequeña coral de
la señorita Collignon*
Lluís Prats

*Luciérnagas en
el desierto*
Daniel SanMateo

Como un galgo
Roddy Doyle

Mi vida en el paraíso
M.ª Carmen de
la Bandera

Viajeros intrépidos
Montse Ganges e Imapla

Black Soul
Núria Pradas

Rebelión en Verne
Marisol Ortiz de Zárate

El pescador de esponjas
Susana Fernández

La fabuladora
Marisol Ortiz de Zárate

*Cómo robé la manzana
más grande del mundo*
Fernando Lalana

El canto del cisne
Núria Pradas